共和国故事

能源战场

——长庆油田开发与建设

郑明武 编写

吉林出版集团股份有限公司

图书在版编目（CIP）数据

能源战场：长庆油田开发与建设/郑明武编. ——

长春：吉林出版集团股份有限公司，2009.12

（共和国故事）

ISBN 978-7-5463-1883-7

Ⅰ．①能… Ⅱ．①郑… Ⅲ．①纪实文学 – 中国 – 当代 Ⅳ．①I25

中国版本图书馆 CIP 数据核字（2009）第 237795 号

能源战场——长庆油田开发与建设

NENGYUAN ZHANCHANG   CHANGQING YOUTIAN KAIFA YU JIANSHE

编写　郑明武

责任编辑　祖航　息望

出版发行　吉林出版集团股份有限公司

印刷　三河市嵩川印刷有限公司

版次　2010 年 1 月第 1 版　　　　2022 年 1 月第 8 次印刷

开本　710mm×1000mm　1/16　　　印张　8　字数　69 千

书号　ISBN 978-7-5463-1883-7　　　定价　29.80 元

社址　吉林省长春市福祉大路 5788 号

电话　0431 – 81629968

电子邮箱　tuzi8818@126.com

版权所有　翻印必究

如有印装质量问题，请寄本社退换

前　言

　　自1949年10月1日中华人民共和国成立至今,新中国已走过了60年的风雨历程。历史是一面镜子,我们可以从多视角、多侧面对其进行解读。然而有一点是可以肯定的,那就是,半个多世纪以来,在中国共产党的领导下,中国的政治、经济、军事、外交、文化、教育、科技、社会、民生等领域,都发生了深刻的变化,中国人民站起来了,中华民族已屹立于世界民族之林。

　　60年是短暂的,但这60年带给中国的却是极不平凡的。60年的神州大地经历了沧桑巨变。从开国大典到60年国庆盛典,从经济战线上的三大战役到经济总量居世界第三位,从对农业、手工业、资本主义工商业的三大改造到社会主义市场经济体制的基本确立,从宜将剩勇追穷寇到建立了强大的国防军,从废除一切不平等条约到独立自主的和平外交政策,从"双百"方针到体制改革后的文化事业欣欣向荣,从扫除文盲到实施科教兴国战略建设新型国家,从翻身解放到实现小康社会,凡此种种,中国人民在每个领域无不留下发展的足迹,写就不朽的诗篇。

　　60年的时间在历史的长河中可谓沧海一粟。其间究竟发生了些什么,怎样发生的,过程怎样,结果如何,却非人人都清楚知道的。对此,亲身经历者或可鲜活如昨,但对后来者来说却可能只是一个概念,对某段历史的记忆影像或不存在,或是模糊的。基于此,为了让年轻人,特别是青少年永远铭记共和国这段不朽的历史,我们推出了这套《共和国故事》。

《共和国故事》虽为故事,但却与戏说无关,我们不过是想借助通俗、富于感染力的文字记录这段历史。在丛书的谋篇布局上,我们尽量选取各个时代具有代表性或深具普遍意义的若干事件加以叙述,使其能反映共和国发展的全景和脉络。为了使题目的设置不至于因大而空,我们着眼于每一重大历史事件的缘起、过程、结局、时间、地点、人物等,抓住点滴和些许小事,力求通透。

历史是复杂的,事态的发展因素也是多方面的。由于叙述者的视角、文化构成不同,对事件的认知或有不足,但这不会影响我们对整个历史事件的判断和思考,至于它能否清晰地表达出我们编辑这套书的本意,那只能交给读者去评判了。

这套丛书可谓是一部书写红色记忆的读物,它对于了解共和国的历史、中国共产党的英明领导和中国人民的伟大实践都是不可或缺的。同时,这套丛书又是一套普及性读物,既针对重点阅读人群,也适宜在全民中推广。相信它必将在我国开展的全民阅读活动中发挥大的作用,成为装备中小学图书馆、农家书屋、社区书屋、机关及企事业单位职工图书室、连队图书室等的重点选择对象。

编　者
2010 年 1 月

目 录

一、 决策筹划

- 玉门军管会主任宋志斌定的原则是："有两个的，拆一个；只有一个的，拆走。"

- 从 1969 年 12 月到 1970 年 9 月底，陕甘宁盆地参加会战的职工已达 1.9 万人，其中陇东指挥部 9200 人，银川勘探指挥部 6400 人。

- 这一系列的发现，犹如春雷，在陕甘宁这块著名的黄土地上滚动，并惊动了燃化部。

石油部提出搞长庆会战

1969 年初，古老的都城北京，天寒地冻。

平时喜爱坐在街头巷口，一起闲聊的"老北京"们，此刻也不见了踪迹，他们大都围在自家的火炉边，享受着室内的温暖。

此刻，受石油部的委派，石油部勘探司总地质师翟光明等人，奔赴更加寒冷的西北，去宁夏、甘肃等长庆油田地区调查地质和含油情况。

长庆油田是陕甘宁盆地 10 多个大小油气田的总称，因会战最初将基地设在甘肃西峰市的长庆桥而得此名。而到此次翟光明等人的调查之时，长庆油田的开发已经有几十年的历史了，而长庆地区发现油田的历史甚至可以追溯到汉朝。

原来，我国西北由于其特殊的地质构造，致使这里含有丰富的油气资源。早在东汉时期，班固所著《汉书·地理志》中就有"高奴有洧水肥可燃"的记载。这里的"高奴"就是指陕北延安的安塞。

宋代沈括在《梦溪笔谈》中亦称："富延境内有石油，旧说高奴出脂水即此也。"并指出："石油至多，生于地下无穷，后必大兴于世。"

"脂水"是 2000 年以前，陕甘宁盆地东南部上三叠系延长统油层最早露出了地面，向人类世界显示出"油苗"的神奇。

于是，人们开始利用石油制药疗疾、取暖、照明、煮饭，甚至军事。

到了近代，我国最早以工业的方式采油就是从陕甘宁盆地开始的。

1905 年，清政府开办延长石油官厂，即后来的延长油矿。清政府还请日本技师及工匠 6 人，在陕北延长打了第一口井，日产原油两吨左右。这口井是我国陆上的第一口井，也是中国石油发展史上的第一口工业化油井。

从此，中国石油工业有了起步。

1940 年至 1941 年间，中央军委后勤部派地质学家汪鹏在延长一带作地质调查，发现了七里村油田，七 1 井钻至 79.41 米深处见到自喷原油，初产日获 96.3 吨，这是陕甘宁盆地第一口高产井。

七 1 井的开采使延长油矿形成了一定生产规模，为当时的陕甘宁边区和抗日战争前线提供了部分石油，有力地支援了中国革命和抗日战争。

当时，延长油矿年产油 1200 多吨，毛泽东听闻这件事后，非常高兴，还给延长油矿矿长陈振夏题词：

埋头苦干。

1949 年，中华人民共和国成立后，对西北油田进行勘探的步伐加快了。

1950年，中央人民政府财经委员会发出"加强陕北勘探工作"的指示。

1950年4月，中央人民政府燃料工业部决定把勘探工作重点放在西北后，全国各地勘探人员及重要器材统一调配，集中使用，充实西北。

20世纪50年代，玉门油矿曾组建鄂尔多斯钻探大队，抽调大、中、小多部钻机，前往宁夏灵武、盐池地区进行过石油钻探，并对该盆地的地质构造有初步认识。

1963年，石油部将银川石油勘探处划拨给玉门油田，继续不断加大勘探力度。在这以后，很快发现了马家滩、李庄子两个小油田。

不久，不但马家滩、李庄子油田得到全面开发，而且还相继发现了马坊、于家梁、大水坑、大东、王家场等油田。

翟光明等人在此次调查中，根据20世纪60年代后半期在甘肃庆阳、环县、华池，陕西富县、吴旗等地区获得的重要资料，经过考察分析，最后认为在陕甘宁盆地中部和南部较广阔的区域内，开展石油会战的基础条件已初步形成。

翟光明等人的调查分析结果，无疑传递出很大的希望，从而为长庆会战的展开提供了条件。

1969年10月，石油部根据党中央和国务院的指示要求，提出了"在陕甘宁盆地开辟重点石油探区"的构想。

计划在 1970 年和"四五"期间，以陕西定边、志丹，甘肃环县为重点，甩开勘探，猛攻黄土关，迅速找到大的油气田，提供石油储量 1.5 亿吨，建成一个年产 100 万吨原油生产能力的石油工业基地。

同时，考虑到当时全国石油工业已在辽河、江汉、华北等地摆开勘探战场，石油勘探力量颇感紧缺，玉门油田历来都是支援全国勘探战场的主力军。

为此，石油部决定，以玉门石油管理局为主，组织"陕甘宁盆地石油勘探会战"。

不久，石油部又责令玉门局迅速组成"陕甘宁石油勘探会战筹备小组"，并由玉门局领导于耀先主持工作，编制《陕甘宁盆地 1970 年和"四五"期间石油勘探会战初步方案》。

随着这一方案的编制完成，一场规模宏大的陕甘宁石油会战逐渐拉开了帷幕。

决策筹划

筹备组先期到达庆阳

1969 年 10 月下旬，玉门局派出于耀先、窦小群、刘智民、李清芳等同志在庆阳、富县一带踏勘地形。

通过现场考察，于耀先等人提出了盆地南部的"综合勘探实施方案"。

12 月初，在玉门局党委书记赵启明、副局长于耀先等人的主持下，玉门局召开了盆地南部石油会战的筹备工作会议。

经过反复讨论，最后会议决定派出第一批共 30 多名人员到甘肃庆阳县，组成了"陇东石油勘探筹备组"。该小组由陈秋来、余群立任领导小组组长，温满仓、王寿增、崔林桐、李清芳为小组成员。

同时，筹备领导小组还下设政工、生产、地质、后勤 4 个组并进行了责任分工，以有利于迅速铺开会战的筹备工作。

于是，这个小组经过简单的准备后，很快就踏上了去庆阳的征程。

12 月底的一个傍晚，在寒冷的庆阳西峰镇街道上，出现了 3 辆吉普车。当车停在招待所的门口后，从车上下来了一批干部和工人，他们匆匆走进招待所大门。

这些人就是余群立、陈秋来、李清芳等筹备领导小组成员。

余群立等人到达后，很快就在庆阳的钟楼巷把"陇东石油勘探筹备组"的牌子挂了起来。就这样，筹备小组的工作紧锣密鼓地开展起来了。

显然，余群立一行人先期到达，是来为即将展开的会战打前站的。因此，余群立一行人稍事安顿后，就开始了紧张忙碌的筹备工作。

他们要为即将到来的会战人员解决好最基本的住房、吃饭等问题。

然而，在当时，筹备组的工作是非常艰难的。据李清芳后来回忆道：

经过一番研究、分析、论证，上陇东的勘探方案初步定了下来。1969 年 12 月初，由我和余群立、陈秋来、温满仓、王寿增、崔林桐、郭正山、郭童贵等 16 人组成的陇东石油勘探筹备组到了庆阳县城。

在红光旅社住下后，就开始在庆阳、环县、华池、合水等地了解情况，给即将上来的勘探队伍准备住处。我们几乎跑遍了庆阳城各个单位和每户居民家里。那时候庆阳县城只有 2000 多城镇人口，他们就是把全部房屋让出来，也不够勘探队伍住。

……………

与县政府联系，把钟楼巷一个小院借给我们，办起了食堂，把筹备处的牌子挂起来。筹备处分为政工、生产、地质、后勤4个组。我负责后勤一路，在勘探队伍即将到来的情况下，我们连过春节烧的煤都没有。

开春以后，我们一方面组织机关、后勤人员挖窑洞、打土坯、盖房子，一方面组织钻井队伍搬家上井位。

经过余群立等人的多方努力，筹备组工作取得了一定的成效，房子、吃饭问题获得了一定程度的解决，各项后续工作也开始陆续展开。这为人员的大批到来，提供了条件。

玉门人跑步上庆阳

1970 年 1 月 19 日，农历腊月十二，新年的脚步越来越近了。就在这一天，玉门局党委召开专门会议，讨论支援长庆会战问题。

会议决定：

> 尽快召开两委扩大会，加快陇东找油步伐，并在玉门局机关成立"支援三线办公室"，由于耀先、窦小群、闫思贵负责。

三天后，玉门局党委再一次召开扩大会议。这次会议明确提出：

> 玉门油田领导班子重心东移，全局全力以赴，保证陇东会战，要人给精兵，要设备给最好的。当玉门与陇东的需要发生冲撞时，要首先满足陇东会战。

2 月 2 日，玉门局党委在庆阳召开了扩大会议。

在会上，玉门局党委决定成立陇东石油勘探会战指挥部。同时，这次会议还提出了很有名的"跑步上庆阳"

的动员口号。

这次会议实际上是一次"会战陇东"的誓师出征动员会议。

会议的一份《会议纪要》，清楚地记下了当时的情形：

从2月份起，局党委领导重心东移，坐镇陇东，全面领导玉门和陇东的各项工作。局机关要抽三分之二的人员赴陇东地区。

钻井处要抽调5部大型钻机，6部中型钻机。机械厂、汽修厂各抽调一半人员和设备；内燃机厂要抽调三分之一人员和设备；钻机修理除玉门留下少量维修人员外，全部移师陇东。

水电厂要按1500千瓦快装发电机配备人员。电话架设、维修、供水要按整个探区规模，上够所有人员。

报社立即上一个能够印刷一般报表、资料和文件的小型印刷厂，并抽出五分之二的人力上战区创办战区报纸。

对留在玉门油田的职工进行一线与三线关系的教育、个人意愿与组织需要关系的教育。

会议吹响了支援长庆的号角。自此以后，玉门油田又一次大规模地迅速集结队伍、人员和设备，无条件地向陇东开去。

玉门这一次支援长庆，不同于以往的支援大庆会战，这次基本上是玉门独立自主勘探开发新油田。这是一次真正依靠玉门人自己的力量，集中近 10 年的积累，在广阔的陇东地区，独立进行的一次战役性决战。

大战前夕的玉门油田，在"跑步上庆阳"的口号声中，接到各路调兵遣将的命令后，容不得讨价还价，执行是唯一的选择。

对于经历过多次大规模支援兄弟油田的玉门人，早已习惯了这种紧张的气氛。

当时，油田数万职工对参加会战非常积极，踊跃报名参战，都想在新油田干出一番事业，为祖国找出更多的石油。

于是，在号称"石油摇篮"的玉门油田，再次出现了这样一幕令人激动的画面：

接到调令的人，高兴得欢呼雀跃，奔走相告；还没有被通知的人，则唯恐落下，三番五次找领导。有的职工的家属正在住院，本应该留下照顾几天，但为了不耽误会战，就托他人代为照料；还有的职工本人有病，无法随队出发，等病情稍为好转，就急忙起程追赶自己的队伍。

在激情的感染下，短短几天里，玉门油田的各路人马和设备全部准备就绪。

玉门油田在"跑步上庆阳"的气氛中，又一次展现了无私奉献的风格。

当时，玉门油田仅有的两个地震队，也一个人不剩全部调往庆阳。

到四川参加会战的两个地震队，200多人刚回到玉门，屁股还未坐稳，设备尚未启封，又被调往庆阳参加会战。钻井处除留下3部钻机以外，所有钻井队全部调往陇东。

1300多人的油建队伍，只留下200多人，其余的人连同机械设备，甚至包括办公桌在内的物资，统统调往陇东。

机械厂主要车间二分之一的人员、设备被编入调动序列，有的工房被搬空了，就连工具箱里的工具也都随人带走，唯一的一台在油田被称作"独生子"的龙门刨床，也随车东去。

据原玉门局党委书记付万祯后来回忆说：

> 当年玉门军管会主任宋志斌定的原则是："有两个的，拆一个；只有一个的，拆走。"

运输力量对玉门来说，本来就很紧张，但为了支援新探区，150多辆卡车，风驰电掣，驶向庆阳。

玉门局职工医院抽调优秀医护人员176人，前往陇东战区组建最早的野战医院。

油田开发、水电、机修、器材、消防、印刷等各路人马，也相继踏上了征途。

由于是大批调人，加上适逢春节前后的客运高峰，这给人员、货物的运送造成了极大的困难。

为此，陕西咸阳货运站站台出现了周转不开的情况，以至于铁路局命令玉门站限装限运，这就导致玉门局器材总库的货运站台上，堆满了各种物资。

同时，在客运方面也出现了难题。当时，玉门东站挤满了整装待发的职工，一些客车因严重超员，停靠玉门东站时根本就不敢打开车厢门。

此时，玉门人参战心切，只要能挤进车厢，哪怕是站着到达目的地，也毫无怨言。

就这样，通过各种方式，截至3月底，玉门局参加陇东会战的8000名职工、1348台套各类设备，全部抵达战区。

5月17日，玉门局又决定：迅速组建10个浅井钻探队，赴陕甘宁盆地渭北地区开展浅油层勘探，同时将玉门局所属的"银川石油勘探指挥部"及6400名职工成建制划入陕甘宁盆地的勘探队伍。

此次决定发出后，又有一批玉门人离开玉门，转战陕甘宁。

玉门局党委书记宋志斌曾经对陇东会战初期情况进

行总结:

　　从 1969 年 12 月到 1970 年 9 月底，陕甘宁盆地参加会战的职工已达 1.9 万人，其中陇东指挥部 9200 人，银川勘探指挥部 6400 人。

　　长庆会战之初，在广阔的陕甘宁地区，基本上是由玉门油田独自进行勘探开发的，随着玉门人到来，陇东的勘探陆续开始了。

召开会战誓师大会

1970年8月7日，位于华池县城关的庆3井，首先在侏罗系获得日产27.2吨的油流，成为陇东地区第一口出油井。

9月2日，在华池县山庄所钻的华参2井，也相继出油。接着，位于庆阳县马岭的庆1井成为马岭地区具有工业价值的第一口自喷井。此后不久，庆2井、长7井和长10井也见到含油显示。

于是，结合在吴旗、庆阳及山庄等参数井发现的含油显示，从而形成了庆阳、华池、吴旗7000平方公里的找油有利地区。

这一系列的发现，犹如春雷，在陕甘宁这块著名的黄土地上滚动，并惊动了燃化部。

1970年9月15日，燃化部向国务院呈报了《关于请兰州军区组织陕甘宁石油勘探指挥部的请示报告》。

"报告"指出：

开发陕甘宁地区油田，对于贯彻执行伟大领袖毛主席"备战、备荒、为人民，三线建设要抓紧"的指示精神和伟大方针，建设牢固的战略后方，具有重大意义。

....

  由兰州军区负责组成陕甘宁地区石油勘探指挥部，配备得力的军队干部，加强领导。指挥部要在兰州军区的领导下，充分发动群众，搞好勘探队伍的团结，在陕甘宁三省区积极支持下，高速度、高水平地拿下这个油田。

  10 月 12 日，国务院、中央军委以〔1970〕81 号文件批转了这个报告，并确定由兰州军区负责组成"陕甘宁地区石油勘探指挥部"。

  11 月 3 日，兰州军区决定组成兰州军区陕甘宁石油勘探指挥部和指挥部党委会，任命了领导成员并以通知的形式发出：

  兰州军区副政委李虎任会战指挥部指挥兼政委和党委书记；

  兰州军区副参谋长齐涛任会战指挥部第一副指挥兼党委副书记；

  玉门石油管理局局长焦万海任会战指挥部副指挥、党委委员，党委副书记；

  陕西省军区副政委张少庭任会战指挥部副指挥。

....

3 天后，一个陕甘宁石油会战的安排、部署、动员大会，也是一个誓师的历史性会议，即"陕甘宁石油会战协作会议"，在兰州军区的主持下，在甘肃省会兰州隆重召开了。

国家计委余秋里、燃化部副部长唐克，兰州军区政委冼恒汉、副司令员徐国珍等负责同志出席了会议。

在会上，兰州军区副政委李虎宣读了国务院、中央军委下发的［1970］81 号文件。

唐克副部长作了《关于陕甘宁地区当前石油勘探工作的情况和建议》的报告。

最后，会议为陕甘宁石油勘探大会战构思了一个宏伟的蓝图：

"四五"期间，在陕甘宁地区拿下 10 亿吨地质储量，建成 1000 万吨的原油生产能力的大油田。1971 年要在盆地南部摆开 5 个战场，主战场为庆阳、华池、吴旗地区，上大、中、小型钻机和顿钻 180 部至 260 部，完成地震剖面 1.2 万公里，试油 1100 层。拿下 3 亿吨石油储量，建成年产 100 万吨原油生产能力。设备购置、基建与生产费用总投资为 4 亿至 4.5 亿元。

会战队伍由 1970 年的 2.1 万多人，逐步增到 5 万至 6.6 万多人。其中包括延长油矿、新疆石油管理局渭北石油勘探大队、地质部第三普查大队、石油物探局陕甘宁指挥部皆划归长庆油田会战指挥部指挥。

会后，兰州军区组织了会战指挥机构，并正式定名为"兰州军区长庆油田会战指挥部"，同时决定，指挥部机关干部于 1970 年 11 月 25 日前后，陆续进驻长庆桥并开始工作。

此后，随着军区干部的到来，陇东石油勘探指挥部撤销，其原来下辖的全部人马归长庆油田会战指挥部指挥。

至此，长庆会战正式开始。

二、 开始会战

● 当沿途的人民群众看到如此壮观的场面时，激动地说："当年的八路军又回来了！"

● 李占山将拳头一挥说："怕啥！咱们就坐'11号'汽车，跑步上庆阳！"

● 王存善等人果断地说："为了急会战之急，我们什么地方都可以住。"

石油大军拥到长庆

1970年底，位于甘肃庆阳地区径川县以东的长庆桥一带，突然热闹了起来。

在这里，陕甘两省在此地南北以径河为界，径河以南系陕西长武县境，径河以北系甘肃庆阳地区。因一水之隔，在过去年月，长武、庆阳两地人民群众为了便于交流往来，联合在径河面上架修了一座桥涵，于是，此地便名叫"长庆桥"。

当玉门局"陇东石油勘探指挥部"首先搬到长庆桥的时候，长庆油田的名称也就随之而产生了。

"兰州军区长庆油田会战指挥部"在这里成立后，勘探队伍不断扩大，指挥部从陕甘宁三省区抽调军队干部630多名，其中团以上干部156名；抽调地方干部500多名，配备到指挥部机关及各基层单位，加强了对会战工作的领导。

同时，中央军委批准2.5万余名解放军战士复转，到陕甘宁参加石油会战。

燃化部又从全国石油系统抽调约6000名职工陆续进入陇东，连同玉门局在陇东、宁夏和陕西渭北的队伍，以及新疆局渭北大队的人马1万多人，组成了拥有5.24万名职工，53台大中型钻机，35个试油队，66个地震队和工种配套的石油大军，转战在陕甘宁盆地的主要探区。

一时间，陕甘宁盆地风起云涌，车水马龙，人流如潮。为抢时间，争速度，尽快拿下大油田，从祖国各地拥来的石油大军，在车辆运输条件极差的情况下，他们不畏道路崎岖，风雨多艰，拉着架子车，背着行李卷，不分昼夜长途跋涉，徒步向陇东急速前进。

于是，在长达数百公里的黄土路上，人欢马叫，车辆轰隆，尘土飞扬……

当沿途的老乡和革命老区的人民群众看到如此壮观的场面时，激动地说："当年的八路军又回来了！"

当时，李占山和他的钻井队，就是这批"跑步上庆阳"大军中的一员。

1970 年，参加长庆会战的李占山带着玉门的钻井队伍首先到达了咸阳，器材、设备也一起到了咸阳。

火车到站后，李占山就带领职工将几个车皮的设备呼呼啦啦扒下来，堆放在转运站货场。

此时，已是夜幕降临，汽车转运设备来不及，而且当时运输力量有限，要把设备运到目的地需等几天时间。

而咸阳的这个转运站，只有一个小小的接待站，住不了多少人就满了，大部分职工长途到此之后，非常需要休息，这令李占山非常着急。

经过多方联系，李占山等人还是没有找到让大家休息的地方。后来，实在没有办法，李占山就把咸阳大众剧团的剧场暂时包了下来，准备让大伙在此住宿。

谈妥剧场后，夜已经很深了，李占山把队伍带到大众剧场，在剧场池座的两侧站票区观众看戏的地方，买了麦草就地打了通铺，大伙才身子挨身子睡了下来。

3 天之后，钻井队的设备终于都被运到目的地了，但是没有拉人的车辆，咸阳距西峰 300 多公里路哩！怎么办？大伙都向李占山要主意。

李占山想，现在没有车这是肯定的，就是等，就是要，就是靠，也靠不住的！会战要求猛上快上，时间不容耽误了，于是他将拳头一挥说："怕啥！咱们就坐'11号'汽车，跑步上庆阳！"

大伙一听，都愣了起来，纷纷说："啊？你疯了你……"

"占山，300 多公里，你这两条腿是铁打的？"

"占山，走 300 多公里人哪里能受得了哇！"

见大伙有畏难情绪，李占山就鼓励大家说："同志们，我知道这样跑下来是不容易的，但是在没有车辆的情况下，没有别的办法。要包几辆车嘛！我这个当家的囊中羞涩，没有几个钱，就是有几个钱，还要考虑大家的吃饭问题。所以，我们只有靠两条腿儿了。再说，我们是石油工人，陇东的石油会战就等着我们打头钻呢！我们能在这儿待得住吗？我看，大家应当发扬红军二万五千里长征的精神，就给他来个跑步上庆阳有何妨？就看我们有没有这个勇气？"

一个青年钻工挥着拳头说："对，毛主席他老人家当年爬雪山过草地，都能从长征路上走过来，这 300 来公里，我们不放在眼里，你说走就走!"

经李占山一动员，大伙心热了，劲儿鼓足了。于是，第二天，人们背上背包就出发了。

一连几天的紧急行军，人们的脚上都磨出了血泡，但他们却丝毫也不在乎。就这样靠着双脚走到了目的地，找了间民房住下，便开始了紧张的工作。

和李占山的队伍一样，当时，很多参与会战的队伍都激情高涨，他们接到会战命令后，也从四面八方迅速地来到了自己的战场。

1971 年，支援长庆会战的兄弟油田参战队伍陆续到达，其中青海石油管理局 700 人，四川石油管理局 1250 人，胜利油田 450 人，江汉石油管理局 400 人，石油物探局 2800 人，敦煌运输公司 900 人，他们分别进入华池、驿马、庆阳、彬县、长武、长庆桥等地点驻扎。

随着各路人马的到来，寂静的西北大地热闹了起来，一场找油大战的气味变得浓烈了起来。

完成会战准备工作

1971 年前后，随着大批人员的到来，各个会战场地的住房与吃饭等生活问题变得突出起来，这个问题在会战的主战场庆阳表现得最为突出。

当时，各路石油大军到达庆阳时，庆阳县城人口还不如参加会战的职工多，房屋破旧，城内全是土路，只有街中心有两家饭馆，一家旅店，一家理发室，大部分的职工只能在街上吃饭，住宿靠的是临时草棚、帐篷和窑洞。

为了解决队伍的安营扎寨问题，会战指挥部二分部的领导决定，发动机关干部自己动手盖房子，要尽快把房子建起来，好早日让工人开始工作。

造房之战开始了，此时困扰造房人员的问题是建房的砖瓦问题。

当时庆阳当地群众住房的墙大都是砖块、石块垒起来的。当地群众视这些石块、砖块如宝贝一样贵重，就是掏钱也买不来。

而在长庆，制造砖的窑厂也很少，要盖大量的房子，砖瓦奇缺。没办法，二分部的领导一商量，就决定动员大家打土坯子，用土坯子建房子。

于是，紧张的打土坯子开始了。机关各组室不分男女，自成一组，按人头定数定任务，每人半月 1000 块土坯。

打土坯的活儿虽然简单，但是十分累人。一般是前一天用水把黄土泡好，次日早晨起来用双脚踩着和泥，将泥水搅拌均匀。

当时，用脚和泥这一关最难过，因为天气十分寒冷，又是一天最冷的早晨，人们要脱袜下水和泥，那冷冻冰凉的滋味谁也吃不消。有时浸泡好的黄土结成了冰块，只好重新浸泡，和泥。

打土坯时，每人抓起一团泥向模子里装泥，再砸实、抹平。等模子里泥坯子的水分干到可以固定形状的时候，再将模子卸掉，土坯子就算初步成型了。

待太阳将其快要晒干的时候再加以修整，一个成型的土坯算是完成了，这就是打泥坯子的全过程。

别看说着简单，但真正做起来，打泥坯子却还有很多技术在里面。当时，多数的同志没有打过土坯，那些干部就主动去一个一个地教。学了几天后，大家都学会了。

然而，另一个问题又出现了，这个活干不了几天，大部分的人手上的血泡一个接一个多了起来。一拿起工具，碰到血泡就非常疼痛，但是工人们毫不在乎，依然坚持干下去。

干了一天下来，晚上睡下身子骨又累又痛不说，那一双磨烂的手，翻过来是疼，倒过去也是疼，总觉得没法搁。

当时，二分部领导刘俊卿和周世英副指挥是一组，他们都是 50 出头的人了，但干起活来，却毫不放松。他们打土坯无论怎么苦怎么累，也像年轻人一样，一天到晚顶着干。

打土坯时，一不小心泥浆就会溅在身上，一天下来，刘俊卿等人的衬衣衬裤、脸上脖子上，全溅满了花花斑斑的泥点子。

有时，溅的面积很大，寒风吹来，刘俊卿等人常常被冻得嘴唇发紫，浑身打哆嗦。但他们丝毫也不介意，仍然坚持工作。

一天的繁忙劳动结束了，尽管干得已是腰酸腿疼，但刘俊卿还不能像其他人那样，痛痛快快地去休息。作为领导，他还要了解队伍情况和生产情况，安排第二天的工作。正如广大工人所说，"刘俊卿是一个不知疲倦的人"。

晚上安排好第二天的各项工作后，刘俊卿还要检查此时还在忙着搬迁的车辆，看完成任务了没有，车辆回来了没有，能回来多少，做到心中有数。同时，遇到问题他还得及时连夜解决。

夜已经深了，直到安排好了各项工作后，刘俊卿才拖着疲倦的身体，投入了短暂的梦乡。常常，刘俊卿是刚打了一个盹儿天就亮了。天一亮，他又投入和泥、打土坯……

在刘俊卿等人的带领和感召下，机关干部打土坯打得很快，不到半月就完成了任务。

接着，他们就用土坯砌起四面土墙，上面架上几根油管，再盖上一块帆布，帆布上又压上土坯，可防止大风吹走。

于是，这就成了指挥所的办公用房。干部职工白天在里工作，晚上就在几张桌子上睡觉。

与此同时，二分部下属各团机关后勤单位，也都是自己动手打土坯盖房子，他们盖的是"干打垒"。

与庆阳一样，到达华池的石油大军也进行了解决住房问题的工作。

1971 年 6 月，王存善随着青海局副局长周世英、侯志诚所带领的一支钻井队伍来到长庆。当时，这支队伍有 6 个钻井队，一个测井站，一个保养车间。

此时，长庆大会战刚刚铺开，长庆油田会战指挥部就把这支队伍与其他方面来的 6 个钻井队合并编为十三团，侯志诚为团长，杨国本、王存善为副团长，王存善主管后勤工作。

从此，王存善将满腹情怀全部倾注于这片黄土地上，开始为全团后勤工作而四方奔走。

按指挥部的部署，十三团主要负责承担华池地区的勘探。这一地区包括城壕、南梁、山庄、刘坪、老爷岭、桥河、五郊、元城在内，皆系川狭坡陡沟深之地。山是多走向的山，川是多水系的川。这里山大坡高路窄，呈現出黄土丘陵山地特征，许多地方则不通公路。

6月20日，十三团工人来华池，正遇阴雨连绵的天气，人来了没地方住，这让管后勤工作的王存善非常着急。

于是，王存善只好让十三团的干部职工先借用老百姓的窑洞。

接着，经过多次与华池县联系，华池县同意在赵沟门给征几十亩土地，来解决十三团的住宿问题。

当时，赵沟门一带是一片有名的乱葬坟。王存善等人果断地说："为了急会战之急，我们什么地方都可以住。"

于是，王存善等人就开始在这里建房子。为此，王存善和后勤人员任德华等人连夜从子午岭拉回建房用的木料、砖瓦。

在王存善的带领下，经过后勤人员辛勤的努力，艰苦的劳动，忘我的工作，不到3个月，100多间房子就在原来的那片乱葬坟上建了起来。

随着住房问题的解决，人住下来后，心也就稳了，于是全力组织生产。

但要组织生产，首先要解决好机构设置问题。为此，在指挥部的统一领导下，长庆会战的机构设置和人员编制也开始陆续展开了。

1971年1月15日，长庆油田会战指挥部正式发文确立了机构设置及编制序列，并召开三级干部会议和职工大会对会战工作进行了部署。

同时，指挥部还动员广大职工群众"革命加拼命"高效率、高速度，为拿下大油田而奋斗。

人员配置结束后，会战指挥部下设 5 个分部。

第一分部设在陕北，由原玉门局在陕北的勘探队伍、新疆局渭北勘探大队、原银川指挥部综合勘探大队、地质部第三普查大队和延长油矿为主体组成。

第二分部设在陇东，由原玉门局陇东石油勘探指挥部及分布在陇东的参战队伍为主体组成。

第三分部设在宁夏，由原玉门局银川勘探指挥部为主体组成。

第四分部设在径川县，由原玉门局陇东地震勘探队伍和石油物探局陕甘宁指挥部为主体组成。

第五分部设在长庆桥，由原敦煌运输公司为主体组成。

随着会战各项准备工作陆续完成，长庆油田这个吉祥的名字，开始活跃在陕甘宁的黄土地上，展开了一幅又一幅石油会战的宏伟画卷。

玉门地震队建立首功

1970 年，当各路人马还在向长庆集结的时候，先行到达长庆的人们已经开始各自的工作。玉门地震队就是这批先行开工大军中的一支。

当时，玉门地震队是在江海宽的带领下，奉命来到庆阳的。到达长庆后，江海宽就把玉门带来的 10 个队，驻扎在长庆桥。

稍事安顿后，江海宽就开始带领地震队投入战斗，那时他们的工作被称作地质普查。普查的区域主要是庆阳、环县、华池、正宁、镇原县一带，其目的就是为下一步钻井提供第一手资料。

初来陇东，地震队有 20 部车床钻，一部仪器车还是从苏联进口的，比较笨重，每次无论是搬迁，还是现场作业都非常不方便。

在那种极其困难的情况下，江海宽一边积极组织人员发扬自力更生的精神，挖窑洞，盖土房子，解决队伍的吃饭住宿问题，一边将 10 个地震队迅速摆开，发扬人抬肩扛的大庆精神，翻沟越岭，荒野露宿，顶风冒雨，首先在陇东地区打响了地质普查的炮声。

在江海宽的带领下，地震队的工作进展很顺利，地质资料取得快，取得齐，这为即将展开的长庆会战提供了有利依据。

随着工作的进一步展开，地震队的工作由"普查"发展到"详查"，范围也开始扩展到了整个陕甘宁盆地。

就会战的整体性而言，石油勘探工作是一个综合体系，地质是开路先锋，地震是尖兵，钻井是主力，试油压裂是主力军的第二梯队。

无论在什么范围内勘探，地震这支尖兵，首先就得上去。因此，在会战大规模展开后，地震队伍也有了大的发展。

当时，长庆会战指挥部的物探队伍由3个部分组成，即银川石油勘探指挥部地震大队，玉门局陇东地调处，六四六厂陕甘宁指挥部。

最初，物探队伍共有66个地震队，3个电法队，1个重力队，2个测量队，1个水文地质队。

不久，为了会战的需要，会战指挥部又调集发展到70多个地震队，2个重力队，分别在陇东、陕北、宁夏一带展开勘探，在会战的各个阶段，他们充分发挥了"地震尖兵"的攻坚作用。

当时，地震队面临的首先是"黄土地震关"，这是陕甘宁盆地地震勘探的主要特点，也是地震工作的主要拦路虎。

在陕甘宁地区，六盘山以东、吕梁山以西、古长城以南、渭河地堑以北的15万平方公里地区，是地形复杂，树枝状水系交错的黄土丘陵山地。在这里，巨厚的黄土层和沟塬高差达 200 至 300 米。再加上黄土层对弹性波吸收强烈，并产生强干扰波，因此，这种地形过去曾被国内外勘探家视为"禁区"。

同时，这种复杂多变的地形地貌，使地震队无法按直线测网生产，只能沿沟顺路做弯曲测线。这不仅给施工、资料处理、解释工作带来困难，而且也限制了测线密度，影响地质问题的解决。

再大的困难也吓不倒江海宽等地震队的工人们，他们面对困难，认真钻研，艰苦奋战的精神再一次在西北大地上谱写了一曲奋战之歌。

1970 年至 1971 年，根据陇东勘探指挥部的部署，江海宽带领地调处的地震队伍，在盆地南部的甘肃陇东、陕西渭北和陕北 5 万平方公里的范围内，对以延安组油层为主要目的层进行"普查"和"详查"，并开展测线连接和延安组底砂岩的地震方法攻关。

经过认真的分析，江海宽等人初步摸索出了一套野外山地工作方法、室内资料处理以及成果解释的方法，获得了 T3—T10 地震反射层的资料。

这不仅摸清了盆地南部的地质油层分布情况，而且带出了一支敢打硬拼的地震队伍。

在工作中，面对陇东高原那"三步无平路，一里十八弯，沟深岩石坚，排列无直线"的复杂地形和气候恶劣的自然环境，江海宽等人积极发扬"自力更生、艰苦奋斗"的革命精神，跋山涉水，长途运作，每天在野外工作 10 多个小时。饿了啃口冷馒头，渴了喝口小河水，晚上头枕砖头衣当被，风餐露宿，以苦为乐。

面对多雨的滋扰，江海宽等人还喊出了"小雨大干，大雨坚持干，不下雨拼命干"的豪迈誓言，猛攻黄土地震关，苦战在道路崎岖的黄土丘陵山地，给所有参与会战的人们留下了深刻的印象。

其中，战斗在黑河地区的 280、281、2130 地震队的职工更是辛苦。他们每天天不亮就起床，每人背上 15 至 25 公斤重的仪器、炸药和其他物资，步行 25 至 30 公里的路程，进行地震攻关。

有时，他们经常在刺骨的河水中坚持工作。由于在水里浸泡的时间过长，河水碱性侵蚀大，不少职工的腿变成了紫色，有的皮肤裂开，还渗出了血。

310、308、309 重磁力队的职工也不甘落后。他们把行李和仪器放在人力车上，在哪里干就拉到哪里，就这样，他们常常一天拉车跑几十公里山路。

有时，天黑了没有地方住，他们就在老乡的土窑洞、瓜棚里过夜。

2170 地震队的职工更是敬业。一次全队冒雨出工埋炸药放炮，雨下大了，他们就把雨衣脱下来，盖在仪器和炸药上，宁肯自己被大雨淋着，也不肯让物资受损。

410 测量队三角组职工的精神更是感人。他们在洪德到耿弯一带执行测量任务时，正值这里大雨不断，河水猛涨，浑浊的洪水卷着泥沙，卷着树枝、草根和羊粪，旋转着，咆哮着，汹涌而下。

很快，河两岸被洪水漫延，淤积成一片险滩，几十米内全是稀泥，道路受阻。

而此时，测量路线恰恰是要在这洪水汹涌的河沟里穿来穿去。很显然，要完成任务，必须通过36道河沟，走36道弯。

面对这个困难，410测量队三角组的职工们毫不畏缩。队长一声令下"冲过去"，职工们便脱掉衣服，头顶仪器和三脚架，冒着大雨，走进汹涌的河水中。

作为地震队的负责人，作为一个脚踏实地的实干家，江海宽在主持好全盘工作的同时，也时刻不忘一线，不忘最重要最艰苦的环节。

在工作之余，江海宽经常深入基层，深入地震队与职工并肩作战。

所有地震队的工人都知道，哪里有困难，哪里山大沟深，或者遇到风雨隔阻，车辆无法进去，设备上不去，物资上不去，哪里就有江海宽的身影。

面对困难，江海宽总是想尽办法来克服。有时，人力实在有限，问题不好解决，他就组织动员后勤职工家属和当地群众，人抬肩扛，去克服各种困难。

特别在攻克"黄土地震关"上，江海宽更不忘向群众要力量，向职工要智慧，解放思想，放手发动群众，大搞技术革新。

在攻克"黄土地震关"时，开始职工采用土坑炮方式，每炮点挖坑 10 至 20 个，坑深不到 5 米，炸药用量 60 至 200 公斤。不能挖坑的地方，就采用洛阳铲打井、钢钎打眼、横向掏洞，甚至利用天然洞穴或利用地形堵水放炮。

然而，这种土坑炮和地形炮效果并不理想，不能满足地质要求。

于是，江海宽就大胆改进生产方式，改为井炮生产。他提出凡通车的山沟，就用车装钻机打井；不通车的山沟，就采用人抬钻机打井，井深 7 至 10 米，钻入岩石层，炸药用量 10 至 20 公斤。

在这个深度上使用井炮，效果比较理想，井炮地震记录能获得深层的反射，他们的测试目的也就成功地达到了。

同时，在江海宽的带领或者参与下，很多队都因地制宜，群策群力，创造了许多适合黄土塬地区的探测新方法，并创出了新纪录。

2172 地震队在工作中，创造性地采用土洋并举，既用井炮，又用土坑炮，创造了水中炮、井内中间炮、沟深路窄处用斜炮等地形炮，还创造了弯曲排列资料解释新方法。

江海宽等人的创新与艰苦奋战，很快就取得了丰硕的成果。一时间，各个地震队工作都进展顺利，物探战线喜报频传。

2170 地震队创造了井炮在白垩系硬地层，日钻进尺

220 米的新水平。

2169 地震队突破了地震测线月上百公里的新纪录，并获得了良好的地震资料。

在江海宽的带领下，地震队找到了 35 个有储油条件的局部隆起，其中有的范围很大，如黑河隆起，面积约 900 平方公里；元城隆起宽达 12 公里；永和镇隆起宽达 30 公里。

这些又多又大的隆起，为进一步在陕甘宁盆地开展大规模石油勘探会战提供了重要依据。

玉门运输队多次立功

1970 年 1 月，玉门局书记赵启明要动身去甘肃庆阳组织陇东石油会战，他考虑到必须抽出一批精兵强将上去，方能铺开会战的局面。

晚上，在一缕灯光下，赵启明伏在案上，认真仔细地审阅着第一批调来陇东的各级干部名单。

看完名单后，赵启明突然想起一个人来，这个人就是玉门局运输处处长兼党委副书记刘俊卿。

这时，在赵启明的脑海里，刘俊卿的形象顿时浮现了出来：刘俊卿，48 岁，中等偏下的身材，白皮肤，眉如刀裁，舒展着刚毅之气，眼目清秀，蕴涵着精明干练之质。个性刚直果决，办事不拖泥带水，胸有成竹，腹有良谋。

在赵启明的眼中，刘俊卿无疑是石油战线基层干部中，一个集智勇刚柔于一身的佼佼者。然而，由于当时的一些其他原因，刘俊卿被冷落了。

赵启明一咬牙，狠狠地自言自语道："陇东会战，他必须上。"

赵启明这样想着，顺手拿过笔，在人员名册上写下了刘俊卿三个字。

第二天，刘俊卿接到电话后，就来到赵启明办公室，一进门就问："明公，你找我？"

赵启明站起身来，热情地招呼刘俊卿坐下。

"俊卿，"赵启明开门见山地说，"你想不想打回老家去？"

"回老家？"刘俊卿爽朗地一笑，"说实话，我早就想解甲归田呢！39 年没有回家了。"

显然，此刻的刘俊卿，误解了这位玉门书记赵启明的意思。

"不不……"赵启明扭正话题说，"不是这个意思，别误会。我是说咱们要在陕甘宁组织会战，思来想去，你必须去。不光是要你一个人去，包括你们运输处设备人员连窝端。"

就这样，刘俊卿和他的运输队的新使命被定下了，全部转战陕甘宁。

不久，刘俊卿就带了 150 台车辆及玉门局运输处大部人员进入陇东，在西峰镇安营扎寨。从此，开始了紧张而又艰苦的运输工作。

1970 年，是各路石油大军向这里集结的一年，也是各路石油大军跑步上庆阳的一年。此时的运输队，既要运人，又要抢运设备，其工作的艰巨与繁忙前所未有。

1971 年春天，陇东探区喜报频传，此时这里已有五六口井获工业油流。陇东探区的收获，大大鼓舞了广大职工的士气。

1971 年 3 月 1 日，会战指挥部决定，二分部机关靠前指挥，搬向庆阳县城。

于是，搬迁的主要任务就落在了刘俊卿和他的运输队身上。

当时，刘俊卿担任了二分部后勤部副部长兼计划运输科的科长，主要分管负责车辆和运输。

指挥部的命令下达后，由于耀先、刘俊卿、史秉兴等6人组成临时"前指"，先行一步到庆阳打前站，主要筹划搬迁工作。

"前指"到达庆阳后，通过与庆阳县政府协商，买下了县城北关县政府驻地几幢旧办公用房和县红卫学校的几幢房子作为机关所在地。

"前指"的前期筹备工作结束后，刘俊卿和他的运输队就开始了紧张的搬迁工作。

当时，指挥部的运输队包括原玉门的运输队伍和敦煌石油运输公司的队伍，再加上新接收的655名退伍军人，共1300多名职工，合编为长庆油田会战指挥部第十七团。而运输车辆也由226台增至314台。

因为当时运输队一方面要帮助职工队伍搬家，一方面帮井队搬家，还要保证后勤供应，所以在会战中，1000多人的运输队伍仍然满足不了运输的需要，运力还是十分吃紧。

紧张的搬迁首先从机关搬迁开始，当时，运力不济的地方，刘俊卿等人就组织人员，去人抬肩扛，架子车拉。为了组织搬迁，作为运输科长的刘俊卿，忙得嘴角都起了泡。

二分部的搬迁终于结束了，人住下来后，心也稳了，就全力组织生产。然而，运输队的同志并没能轻松一下，紧张的搬迁任务还在等着他们。

当时，二分部主力队伍分布在庆阳县的马岭、贺旗和华池县的城壕、悦乐、元城一带施工。

分散的工地自然为运输队增加了工作量，因车辆少，钻井队、作业队常常停工等待搬家。看到各个队伍因不能搬迁而停工，刘俊卿和运输队的同志更是万分着急，为此他们常常没有休息日，经常连夜忙着为各队搬迁。

除了搬迁生产设备外，各个参战队伍的生活后勤供应也离不开运输队。

在会战中，一线工人为了找到打油井，常常不分白昼黑夜地奋力工作，这种高强度的劳动自然需要在生活上得到保障。

然而，由于各种原因，当时在各个工地，生活物资常常供应不上，一线职工吃不上蔬菜和盐是常事。

特别是遇到暴雨来袭，路断坡滑，此时什么东西也运不上去，而各个参战队伍的食物储备又少，吃饭问题就更加困难起来。

面对这种情况，刘俊卿就组织运输队、机关干部和后勤职工，用人抬肩扛，给钻井队、作业队把物资和各种食物送上去。

随着会战规模的继续扩大，再加上会战开始时，采取的方法是"稀井广探"，那么向井上供应物资就成了问题。"广探"要求在大范围展开作业，而去井场的道路几乎全部是在黄土高坡上临时挖开的土路，每逢下雨，上井就难了。

一时间，陇东勘探的大量问题集中在运输上，运量大于运力的矛盾始终得不到解决。

面对车辆少，任务大，路况差，运输上不去的难题，兰州军区从部队调了一个运输团来参加运输。尽管如此，陇东探区的运输问题仍然得不到解决，运量与运力的矛盾依然存在。

为了抓运输，军队还指定了几个师级干部来帮助刘俊卿开展工作。这几个师级干部是二分部的副政委、副指挥张武和冯树芳，二分部的副指挥于耀先、周世英，他们都是陇东探区，甚至整个长庆会战的重要领导。有了他们的参与，运输的问题开始有了一定的好转。

接到指令后，于耀先、周世英等人就和刘俊卿一起去看井，一起去看路，一起抓运输，一起搬家，将井队从这个地方搬到那个地方，直到把井架安装完，再把东西全部送上去才回来。

7月初，一场大雨冲断了马岭通往上里源的道路，而此时，一个钻井队需要钻杆、油料和面粉，于耀先等领导就决定组织运输队，发扬"人抬肩扛"的精神，想办法将物资向山上送。

于是，一场艰难的运输之战开始了。

首先，刘俊卿组织汽车将物资运送到道路坍塌处，然后大家一起动手将物资一件一件卸下来，抬着、扛着过沟。

普通物资运过了沟后，运输队又用平板人力车，将装满柴油的大桶搬过沟，然后，两个人一根钻杆往井场上抬，油桶是搭上撬杠滚动上山的……

人抬肩扛，在长庆油田会战中是经常的事，运输队硬是用这种最苦最笨的办法来挑战黄土地的。而运输队也就是靠这种土办法，完成了一次又一次紧张的搬迁任务，从而有力地帮助了各个参战队伍顺利地开展工作。

玉门油建队艰苦奋战

1970 年 4 月 5 日，燃化部在玉门油田召开了石油工业会议。

会后，玉门局书记赵启明找尚继宗谈话说："老尚，形势逼得紧呀，陇东要大上了，要搞一个大的会战，你还是上庆阳吧，山重水复疑无路，柳暗花明又一村嘛！庆阳你上不上？"

"上，怎能不上？"尚继宗微笑着说，"我向来都是听从组织调遣，组织需要我上我就上。"

"那好！"赵启明高兴地说，"油建这支队伍归你指挥。"

"哎，不行不行！"听到要让自己指挥，尚继宗犹豫了起来。

"来不及了！"赵启明说，"去了再说。"

5 月 8 日，油建队伍一来到目的地后，尚继宗就担任了陇东勘探指挥部地面工程处党委书记，从此开始了油建队的指挥工作。

会战初始，咸阳是通往长庆桥、庆阳的主要枢纽。也是玉门、新疆、青海、四川各地石油大军进入长庆的第一站，人员、设备、物资皆需在这里到站、下车。所以，此时抢建咸阳转运站就成了急中之急、重中之重的关键任务。

于是，尚继宗就安排油建二大队的工人们首先干这个工程。当然，要在这里建站、修铁路、修油库，需要上报批准选择一个地方。

开始，尚继宗直接去找了咸阳市政府。

当时咸阳市政府的干部听了尚继宗的介绍之后，带着吃惊的表情望着尚继宗说："谁让干的？"

"国务院叫搞的！"尚继宗理直气壮地回答。接着，尚继宗就把一份红头文件递上去。但是，咸阳市的干部一直不敢表态给尚继宗划地征地。

无奈之下，尚继宗只好找到陕西省建委，才解决了问题。不久，地方划拨下来了，在咸阳火车站北边一块荒地上，距火车站有 1 公里多路。

为了打好修建咸阳转运站这一仗，尚继宗把这个任务交给油建二大队去完成。因为二大队在玉门时就一直是能打硬仗恶仗的先进单位。同时，尚继宗又派团政治处主任殷定江驻咸阳坐镇指挥。

殷定江到达咸阳后，按陇东勘探指挥部的计划要求，首先组织力量，在这里把油库和转运物资的进站铁路修好。

战场很快就摆开了，首先是抢修铁路。难度最大的就是这一段铁路，在这条铁路的中段还要修筑一座桥，跨过一段河滩沙洼地带才能把铁路铺过来。

于是，一场恶仗就在这里打响了。

6 月盛夏，咸阳热得让人透不过气来。渭河滩上，满目荒草，沙地松软，十分潮湿，蚊子成群。

当油建工人把一顶顶帐篷撑在这里的时候，蚊子就像乱了窝的土蜂一样包围了上来，不停地攻击着施工的人们。

一个工人还风趣地问他的同事："老张，就咱们的这个帐篷里，你说有多少蚊子？"

老张笑着说："我哪里知道，那你说说有多少？"

这位工人说："俺也不知道。不过，我敢肯定，咱帐篷里的蚊子应该有这次参与会战的人多。"

老张嘿嘿一笑，反驳道："参加会战才几万人，咱帐篷里该有上百万只，应该抵上一个陕西省的人口了！"

这位工人说："也许有吧。"过了一会他又说："那咱俩不像陕西的两个领导了吗，上百万的蚊子大军都要听咱俩的。"

老张说道："是啊，但咱俩的百万兵却不听咱俩的话啊，还不停地咬咱俩啊。"

是啊，我们的油建工人是可爱的，无论在什么情况下，他们都能保持乐观的奋斗精神。面对疯狂而来的蚊子，他们就在这种艰苦的环境中拉开了"大战蚊子滩，抢修铁路桥"的战斗。

在繁忙的工地上，人们只穿了一条裤子，太阳一晒，身上好像在流油。

在河中施工的同志很是辛苦，他们挖地基、清泥沙、打基础、筑桥墩，一天到晚两只脚在泥水里站着，收工时脚都被水泡得不像样子。

尤其是那些修桥打桩的工人，更是辛苦。他们用的铁锤，一把就有近四公斤重，要把一个个桥桩一寸一寸地打入坚硬的地基，不用力气是不行的。

为此，他们的虎口震裂了，手指磨破了，胳膊抡肿了，双腿站疼了。就这样，他们依然坚持着，一个月下来，每人要打八九十个桩。

经过油建工人一年的奋战，桥修好了，铁路修通了，油库建成了，货场及库房等简易设施都搞起来之后，时间已是 1971 年 6 月了。

油建二大队在咸阳完工之后，队伍、设备都要赶回庆阳，投入单井出油工程和马岭、城壕两个小炼油厂的建设。

队伍和设备要搬迁，却没有车辆。殷定江一个电话打到庆阳，尚继宗接到电话说："定江，你们听着，鉴于目前车辆紧缺会战急，我建议还是发扬我们油建人的精神，'徒步拉练上庆阳'吧！"

"啊？"殷定江吃惊地说，"300 多公里路呢，我的政委……"

尚继宗知道此刻必须鼓舞殷定江的士气，因此，他果断地说："这也是对职工队伍的锻炼，没有红军二万五千里长征的精神，就别想在陕甘宁搞油！"

"是！政委！"

在尚继宗的倡导下，油建二大队的职工就这样发扬红军精神，拉着22辆架子车，装载着工具行李，跋山涉水徒步行军350公里到达庆阳。

油建队伍的这种精神，一下震动了油田会战指挥部，震动了整个陇东探区！指挥部迅速作出了向油建职工学习的号召，使所有参战的队伍受到了激励与鼓舞……

紧接着，油建指挥部就开始在马岭阜城筹建生活基地。作出决策后，尚继宗就带着二大队的职工，去了马岭阜城。

到达马岭阜城后，举目四望，人烟稀少；川道上下，唯有一条"环江"河水，哗哗流淌。川道两侧尽是野沟荒坡的黄土山岭。

工人刚到来，条件自然艰苦。没有窑洞，职工没处住，人就睡在山沟里。为此，职工们还乐观地编了顺口溜，他们说：

蓝天当被地当床，八棵树下扎营房；

为了找到大油田，再苦再累也无妨。

困难是吓不倒油建工人的，他们稍事安顿后，就开始动手组织人员不分昼夜地建房子。

在尚继宗的总体部署和指挥下，油建工人很快就把第一批房子盖起来了。

9月份，油建的职工就住上了新房子，职工、家属都搬了进去。

接着，油建的四大队开始了大规模的建设。

这个时候，油建的四个大队的人马皆分布在陇东探区，进行紧张的施工。庆阳的油田建设、城壕油区的沙石公路、马岭与城壕的小炼油厂、贺旗水电厂等地的工程建设全面铺开。

在这紧张的奋战中，全体油建工人没有一个闲人，他们用自己的辛勤劳动换来了一个又一个丰收的硕果。

很快，在他们的努力下，马岭川、陇东原上崭新的井站、大罐、设施、基地、厂房、楼塔群逐个建成。

会战之初，油建工人在尚继宗的带领下，立下了大功，其奋斗的精神更是深深鼓舞着每一个参加会战的石油人。

陇东钻井处正式成立

1970年4月5日，部署在陇东的第一批探井庆2井、庆3井、庆7井正式开钻。

作为钻井处的负责人，李清芳清楚地知道，在这个黄土层最厚的原野上，会战的第一批钻塔究竟是怎么竖起来的，它们凝聚着广大钻井工人的大量心血与汗水。

第一个由玉门上陇东的钻井队，是有名的3223钻井队。当时，按照会战指挥部的部署，3223钻井队的井位定在太白乡西瓜梁。

西瓜梁的自然条件很差，山高坡陡路不通，需从镇原县绕道把钻井设备运上去。

特别是那个西瓜梁，像西瓜一样，光秃秃的，荒无人烟。职工们花大气力绕道把钻机搬上去以后，"三个石头一口锅"，才把家安了下来。所谓的家，也就是指一顶简单的帐篷。

稍事安排后，紧张的钻井准备工作展开了。刚一开始，3223钻井队就遇到了难题，因为西瓜梁这个山上梁上全是黄土，缺水到了极限。

于是，李清芳就和其他的领导人员，组织发动职工用脸盆端、水桶挑，用"蚂蚁搬山"的精神，把水从山下弄上来供打井用。

在这种艰难的条件下，在开钻的前前后后，仅准备工作，3223钻井队就折腾了两个多月的时间。

然而，钻塔立起来之后，也不是一帆风顺的。在钻井的过程中，偏偏遇上了一场暴雨，河里发了大水过不去，井队与后勤的联系中断了。

就这样，3223钻井队有一个星期的时间生产和生活用品供不上去，井队的职工困在山上，没有吃的，没有喝的，情况十分危急。

李清芳攥着拳头，狠狠地说："必须给井队的同志把吃的弄上去！"

在苦思无路的情况下，李清芳终于作出了大胆的决定：自己下山背粮。

决定作出后，李清芳立即和生产办公室主任赵文元等人，拄着棍子，背上干粮，冒雨从西峰镇绕道步行了3天，才把吃的送到了井队。

后来，那口井虽然打得不理想。但是，在陇东高原上立起来的第一座井架，如同立起了一个信念，一个良好的开端，鼓舞着人们的斗志……

玉门上陇东的第二个钻井队，是3208钻井队，按照会战指挥部的部署，3208钻井队在马岭打庆1井。

9月26日，在3208钻井队广大职工的艰苦奋战下，庆1井出油，日产36.3立方米。它是马岭地区具有工业价值的第一口出油井，也是马岭油田的发现井。

接着，庆2井、长7井和长10井相继都见到了含油显示，展示了陇东地区良好的找油前景，增强了人们在陕甘宁盆地搞石油勘探的信心。

于是，在这几口井的鼓舞下，钻井处开始把工作的重心和技术力量的重点放在陇东。

随着钻井队伍的不断扩大，一时间，在陇东地区已经有了16台钻机工作，开创了此次会战的钻机高密度之最。

随着陇东钻井队伍的不断扩大和陇东形势的飞速发展，为了加强对陇东钻井工作的领导，成立新的钻井领导机关已是势在必行。

于是，指挥部在西峰后官寨找了一块地盘，成立了钻井队的领导机关钻井处。

考虑到李清芳从20世纪50年代初就在玉门搞钻井工作，所以指挥部决定，派李清芳去负责钻井处的工作，并担任钻井处处长。

钻井处的成立，就等于说在陇东高原上竖起了石油勘探的龙头。龙头撑起来了，从此，石油勘探的全新局面就拉开了。

钻井队组织多方会战

1972 年，那个曾经因"跑步上庆阳"而闻名的李占山，此次又带领着他的钻井队，奉命来到了陕北，在陕北耀县的长征旅社住了下来。

安顿完队伍的基本生活后，李占山带来钻井队，先在陕北耀县庙湾开始打浅井。

当时，石油工业部部长余秋里，去玉门时刚好路过西安，专程来看了这个井，并明确地说："就这样打吧，我回来要看油。"

余秋里的到来给了钻井队以极大的鼓舞，很快，这个浅井就完钻了，经测试，这个井有油又有气。

看到了希望，钻井队的小伙子们工作的激情更加高涨了。

接下来，钻井队从庙湾将钻机搬到陕西富平县庄里镇打井，接着又将钻机搬到高树茂山打井。高树茂山在陕西铜川以西，耀县以北一架黄土山上。

这口井打完已是 11 月份了。

完钻后，钻井队的任务就算完成了，他们需要到其他井场开辟新的战场。此时，在雪地上进行搬迁，再次成为李占山和他的钻井队工人的任务。

那时正是隆冬季节，下雪以后，皑皑白雪覆盖着整个原野，道路冰冻打滑，车子上不去，晚上搬家，路更不好走。

为了安全顺利搞好这次井队搬家，李占山随张少庭、张水清从下午就提前爬上了高树茂山。

晚上要将井队、钻机搬下山去，谈何容易。因为在冰天雪地里，汽车无法上去，加之夜晚，没有照明，困难重重。

当时，李占山任第一分部浅钻大队总支书记，具体负责这一带的钻探工作。

面对困难和紧张的钻井任务，李占山果断地说："咱们只能采取一个办法，把老百姓地里晾晒风干的苞谷秆弄来铺到路上，让车子慢慢先上来。以后，我们再想办法补偿老乡们的损失。"

就这样，大家齐动手，抱的抱，背的背，1公里多长的山路，全铺上了苞谷秆，车子才开了上去。

装车时，大家拿手电筒给装车的人照明。等到装完车时，已是凌晨2时了。

但是，此时还不能走，他们还得等山路封冻了，冻结实了才能下山。

深夜，寒风刺骨，山头上，人们冻得牙齿打战，瑟瑟发抖，大部分人脸都冻青了。

此时，还有一个更大的困难在折磨着我们坚强的钻井工人，那就是饥饿。

当时，由于各种原因，钻井队的粮食并不充足，再

加上他们已经是劳累了一天一夜，肚子饿得没办法，越饥越冷，越冷越饥。甚至有几个体弱的青年钻工，已经饿得昏了过去。

这种情况下，等路冻起来后，也没法走，大家都饿得没劲了啊。怎么办？李占山和钻井队的工人都皱起了眉头。

于是，一些人就把求食的目光落在了钻井队的那只大黄狗身上。

"李书记，"一个钻工向李占山建议说，"大伙已经饿到招架不住的程度了，实在没办法，我建议咱不如把这条狗杀了，以解燃眉之急。狗肉吃了，可以发热防寒，又可以把饿肚子的问题稍带地给解决了。怎么样？"

李占山吃惊地说："怎么，你说把狗杀了？这恐怕不行，炊事员绝对不愿意。"

"不愿意？"那个钻工说，"你当我不心疼？可是，今黑要是不把这条狗杀了，大伙就抗不过去，这个山也就没法下。行了行了，你不好说，我去给那位大师傅说去。"

说完，那个钻工就转身跑到起灶的帐篷前，在炊事班长的耳旁，嘀嘀咕咕地讲了一番。

果然，炊事班长把眼睛一瞪说："你想把'大黄'杀了，办不到！"

"师傅，你听我说……"

"我不听！"

"师傅!"那个青年说:"你把'大黄'舍了吧。弟兄们饿得实在撑不住了,连夜还要搬家,这'大黄'不杀,今黑这个山就下不去。难道你不想下山?也要待在这冻死饿死不成?"

"要杀'大黄'吃肉?亏得你们想得出来!"老炊事班长眼中闪着泪花,无比痛心地说,"狗通人性哩!你知道吗?这'大黄'比人都灵,养着它,可以给井队站岗、放哨、抓贼。你们上井去了,它就成了我唯一的伙伴,它跟你们哪个不是好朋友,你说?你能忍心杀它么?吃它的肉?!"

李占山一看炊事班长说啥都不愿意,便走过来说:"老班长,杀狗的事是我决定的,咱就忍痛割爱吧?下了山我再给你买一条回来?"

炊事班长无奈了:"唉,唉!"他连连跺着脚,一边摆手,一边扭过头抹了一把泪水,背着身说,"既然是领导决定的,你就看着办吧。最好拉远点,拉得越远越好,别让我听见'大黄'的叫声……"

人们吃了狗肉,喝了热汤,又恢复了力气,也不再觉得那么冷了。

凌晨4时,李占山看了一下路,觉得汽车可以走了,便一声令下,人们才跟上车下了山。

1972年夏,李占山带着钻井队开始在马栏镇打井。此时,屡建功绩的李占山,已是长庆第一分部生产指挥部副主任。

马栏镇在陕西铜川以西的山区地带，在这里打的是马1井，是浅油层和中深油层的勘探。

经过大家的努力，很快马1井打完了。

于是，紧张的固井开始了。

固井需要大量水泥，为保证马1井固井顺利完成，庆阳指挥部运输处派了五台大道奇卡车，装上水泥向马栏镇进发。

然而，汽车刚过子午岭山谷，突然一声炸雷，轰隆隆响，暴雨猛倾，车队被迫停了下来。

暴雨过后，车队勉强沿着泥泞的道路，非常艰难地到达马栏镇。

可是，当时马栏镇距井场还有四至五公里的泥巴山路。在这种路上行驶，稍不留神，车辆就会滑到沟里。司机实在不敢走了，便又停了下来。

但是，井场这边更急，如果水泥送不上去，不能按时进行固井，就会把套管卡死在井里，一旦造成事故，井就报废了。

此刻，在井上等水泥等不到的李占山和钻工们，急得团团转。

李占山朝着井队队长大声吼了起来："必须设法把水泥弄上来！"

队长无奈地说："主任，这天不作美，你就是有天大的本事也不行！"

"那我们就眼睁睁地看着这口井废了？"李占山愤怒

地说，"快，咱们必须自己想出办法来。"

"这泥巴路……"队长犹豫地说，"如果时间能来得及……"

李占山看到队长的神态，感觉队长好像有好的想法，就急问："有啥好想法快说，快说！"

队长鼓起勇气说："咱们把路上的泥全部收拾了，车不就过来了？"

"对，这办法可以考虑。"考虑了一下，李占山略显丧气地说，"咱们这么几个人，有五六公里路呢，铲到几时？来不及，来不及……"

"这……"队长略显为难没有再说下去。

"有了！"李占山说，"不如去劳改农场借上一台推土机……"

"对对，有了这玩意儿就省事得多了！"

"好，我马上去弄推土机。"说完，李占山拔腿就往马栏劳改农场跑。

不一会儿，李占山就弄来了推土机。

接着，大家就借用这个推土机，一段一段地把泥巴路推开了。

直到半夜，一辆一辆的水泥车终于开到了井场。

于是，李占山就带领大家抓紧固井。当时，大家已经非常疲劳，还饿着肚子，就在这种情况下，大家忍受困苦，很快马1井就被固好了！

在工资少和没有奖金、生活条件极差的情况下，钻井队的工人们吃苦耐劳，毫无怨言，与人民群众心连心，为油田建设默默奉献全部的精力。他们不仅钻出油，更培养出了一支认真负责的石油队伍。

钻井队的辛苦，自然获得了巨大的收获。他们打的庆1井，1970年9月出油，日产原油36.3立方米，是马岭第一口出油井，由此发现了马岭油田。

接着，庆2井、长7井、长10井开钻后相继都见了含油显示。各个油井到来的喜讯，大大鼓舞了各个参战队伍。

积极解决后勤问题

1971 年，随着大批队伍投入到找油会战之中，后勤问题开始变得突出起来。

当时，解决后勤问题的方式很多，既有会战指挥部的调拨，又有地方政府和群众自发的支援，尽管如此，各个参战队伍的后勤保障依然面临各种困难。

于是，各个参战队伍都在自己想办法解决后勤问题，以让队伍能够安心工作。

1972 年，随着工人逐渐稳定下来，十三团家属开始向这里搬迁了，很明显，这又需要更多的房子。

为此，十三团负责后勤工作的王存善和任德华开始跑材料购买木料，组织工匠盖了 400 多间房子，全是大家动手打的"干打垒"。

家属来到后，每间一户人家，就这样把陆陆续续搬迁来的 500 多名家属的住房问题基本解决了。

除了解决住处问题，对于其他的后勤问题，王存善等主管后勤的同志，一刻也不能放松。

十三团到达华池后，在华池地区很快摆开了战场。10 多台钻机全部上去了，1200、3200 钻机在山上山下，七沟八岔开始了大合唱。

钻机上去了，后勤供应也必须上去，两个副队长杨国本和王存善都抓后勤，必要时队长侯志诚也会和他们一起骑上摩托，跑井队抓后勤。

当时，王存善等人遇到的主要问题是后勤物资供应困难较大。在前线井场，很多井队住的都是帐篷，为了赶工期，冬季不停工，还要打井。

休息时，大伙住帐篷，冻得实在不行了，就烧原油取暖。见到这种情况后，王存善非常着急，他绞尽了脑汁："必须为大伙把煤弄回来！"

王存善和后勤的同志下了决心后，他们去了宁夏石沟驿煤矿采购了大量的煤。当时，要石沟驿煤矿把煤拉到华池，一是运力不足，二是道路不通。为此，他们只好要求宁夏运输公司给组织配备了一个车队，才把这一批煤拉运回来。

就这样靠着这批煤，井队、后勤职工过冬的问题终于解决了。

接着，还有一个亟待解决的问题，就是职工的吃饭问题。

当时，按当地供应比例杂粗粮占 27%，而细粮特别紧缺，有的井队一天几顿吃的都是"钢丝面"。所谓"钢丝面"就是因为这种面条很硬，吃下去肚子不舒服，又不好排泄，因而人们叫它"钢丝面"。

王存善看到大伙经常吃这个就坐不住了，他想，钻井上的职工大部分是强体力劳动，天天吃这个东西怎么打井，人是铁饭是钢啊，不行，必须设法搞些精粮细粮回来。

于是，王存善又去了宁夏。他想通过宁夏地区一些农场搞点大米，但没有结果。

最后，王存善突然想起一个人来，这就是他的老首长覃廷校。覃廷校原是五十七师工兵连连长，特级战斗英雄。长庆会战以后，覃廷校任长庆地调指挥部副指挥。

这一下找对了，很快，王存善在覃廷校的帮助与支持下，在宁夏粮食部门联系了几车大米。在当时的情况下，这些粮食来得不简单、不容易。

很快，王存善派人把大米运回来了。因为宁夏大米有名，非常好吃。有这一批宁夏大米，不仅解决了职工燃眉之急，也给井队工人长了精神，钻井进尺大大加快了。

最使王存善引以为自豪的，甚至一生不能忘怀的就是为职工办农场的事了。

当时，十三团职工粮食标准低，又没有蔬菜，生活很困难。吃不饱肚子的问题长期困扰着职工的心。

这时，王存善想即使能临时搞到一点粮食，也只能凑合一阵子，不能解决长远问题。

1971年兰州军区司令员皮定均来油田视察，批示开办农场，要求十三团自力更生，解决职工的吃粮问题。

得到批示后，王存善非常兴奋，终于可以甩手大干一场，切实解决工人的吃饭问题了。

于是，在王存善的带领下，十三团在华池北边的老爷岭找了一块地方，办起了职工农场。

为了工人能吃上粮食，王存善在这片农场上，组织了后勤职工学习发扬南泥湾精神，用镢头开荒，人拉犁耕地，就这样，一块一块的土地被开垦了出来。

在播种的时候，他们没有播种机，又没有人工撒种的技术，他们就让羊群在上面跑，种子撒进羊蹄窝，就这样庄稼被种了下去。

辛勤的劳动很快就结出了丰硕的果实，当年农场收获粮食5万公斤。

有了这5万公斤粮食，十三团广大职工的吃饭问题就解决了。直到1974年，十三团奉命调往华北，这些粮食都没有吃完，队伍搬家时，还把大量的粮食又运往华北。

和十三团一样，当时各个参加会战的单位，都在通过各种办法来解决自身单位的后勤问题。

后勤问题的妥善解决，有力地保障了工人的劳动热情，从而有力地推动了长庆会战高潮的到来！

三、 攻克难关

● 李敬认识到，长庆的情况是"井井有油，井井不流"。

● 很多职工说："傅指挥是我们的好领导，真正的贴心人。"

● 他们不凭别的，凭的就是那股"宁肯少活20年，也要拿下大油田的劲头。"

第一口自喷井出油

1971年3月至4月，春天的脚步在陇东大地上悄然响起，爬上树梢的枝芽向人们传递着春的气息。

此时，陇东探区的喜讯也不断传来，部署在陇东探区的庆字号6口油井相继出油，这给参加会战的人们带来了巨大的鼓舞。

5月，为了加快找油步伐，兰州军区司令员皮定均决定亲临战区视察工作。

在视察中，皮定均看望了在一线工作的工人同志，并同他们亲切握手，还鼓励他们努力工作，争取找到大油田。

最后，皮定均还向会战指挥部提出：

集中力量打歼灭战。

皮定均一行考察离开后，会战指挥部根据皮定均关于"集中力量打歼灭战"的指示要求，对工作进行了迅速调整，并明确提出"五集中"：

集中目标，以马岭为主攻战场；
集中兵力，在主战场上22个钻井队；

集中领导，加强对主战场的领导，靠前指挥；

集中物力设备，机械、材料优先保证重点探区；

集中时间，力争在"八一"前后拿下马岭油田。

8月份以后，力争在10月前后，一举突破吴旗、麻黄山—姬原地区。

"五集中"发出后，长庆会战的战场上风云再起，长庆会战的高潮形成了。

当时，会战指挥部第二分部搬至庆阳后，很快马岭围歼战就拉开了。

为了加快勘探进程，二分部首先集中了12台钻机，在马岭地区开钻了12口探井，使围歼的局面一步步形成了。

在会战的紧锣密鼓中，广大职工的热情也不断高涨，一幕又一幕奋战画面在马岭产生。

32303钻井队为了早日开钻，不等天晴，不靠外单位支援，不等吊车到，顶风冒雨把12吨重的钻机用人力拉上两米高的钻台，把几十吨重的泥浆泵、柴油机拉上底座。

3208队在岭2井打"口袋"过程中，发现钻速突然变快，他们立即和地质人员取得联系，密切配合分析研究，从而发现了一个新的油层。

3209队一个刚复员的战士，认真学习钻井业务技术，很快提高了分析能力，在钻探中，他发现了一个油层。

会战中，为了扎扎实实进行调查研究，搞清地质情况，许多地质人员日夜坚守在各个井场，和钻工们同甘共苦，为顺利勘探提供了条件。

此时，作为二分部钻井负责人的李清芳，也像广大职工一样，自始至终蹲在井场，跑在一线，时时关心掌握着各处钻井的进展情况。

在平时的工作中，李清芳一身工衣不离身，一年到头很少在家里过节。每每下到基层，从来不吃一次特殊饭，常常是两个馒头一盘菜，要么就是一碗干面条，和工人蹲在一起"呼噜"一下吃下完事。

在与工人交往中，李清芳还特别能和职工群众打成一片，一起吃大苦耐大劳，在职工中不摆官架子，不卖老资格，老老实实"甘为孺子牛"，做职工群众的知心朋友，深受工人的爱戴，享有崇高威望。

特别是在会战最艰难的创业时期，李清芳为了在陇东高原上很快竖起钻井这个龙头，他不畏条件艰难，经常带头发扬"人抬肩扛"的精神，闯过了一道又一道难关。

一次，天下着大雨，汽车上不去，李清芳就动员职工，从马岭川贺旗镇把钻杆一根一根抬到半山腰的井场上，这样往返一趟就有十多公里。

在李清芳的带动下，尽管大家累得满头大汗，雨水浇透了浑身的衣服，两条腿变成了泥筒子，也没有一个人叫苦。

当时，在黄土高原上打井，下雨汽车上不去，那是经常的事情，遇到这种情况，只得用拖拉机给井队送油。有时还要边修路，边往上爬，保证钻机不停。

那时，井队工人住的是帐篷和活动板房，一遇搬家，就要预先蒸好两三天吃的馒头，因为搬家在路上遇到麻烦，一耽误可能就是几天，所以必须准备好路上的伙食问题。

有时，旧井场搬了，帐篷拆了，遇到了雨天，一个星期还搬不到新的井场，李清芳就和大家睡露天，吃冷馒头。夏天还可以将就，冬天拿出来的馒头都冻成了冰疙瘩。

李清芳和广大工人的努力，很快就得到了巨大的回报。

6月27日，3209队所钻探的岭9井，给陇东探区带来了自上陇东以来最大的一个喜悦。岭9井完井测试喷油，日产原油258立方米。

岭9井的喷油，也宣告了陇东地区会战的第一口自喷井的出现，并创陕甘宁盆地石油勘探有史以来的最高纪录。

无疑，岭9井的高产喷油，在陇东千里高原上震响了长庆石油大会战的第一声春雷。

一时间，长庆油田会战指挥部党、政、军方面的领导，庆阳地委、专员公署的党政领导，以及大批油田干部职工和当地人民群众纷纷赶到现场，观看了岭9井喷油的壮观场面……

大批参观人员把喜讯带回各地，在各地再次引起了更大的轰动。特别是随着各参战石油大军的代表回去后，喜讯使整个参加会战的各路石油大军都沸腾了。

参战的石油大军放心了，陇东乃至整个陕甘宁地区是大有希望的！

参战的石油大军流泪了，自己的兄弟单位发现了油井，而且是高产油井，他们怎能不激动！

参战的石油大军急了，3209队找到高产油井，自己所在的单位也不能落后啊，要尽快找到大油井、高产油井来回报党和政府，回报人民。

于是，在岭9井的带动下，长庆会战的第一高潮到了！

岭9井自喷出油后，会战指挥部根据岭9井喷油情况，在部署上做了调整。指挥部围绕5个搞清：即搞清油层变化、构造形态、单井产能、储油物性、原油性质，组织了"马岭勘探大围歼"。

为了保证进展顺利，会战指挥部还提出各参战单位要严格贯彻"求质量、抓速度、拿面积、找高产"的方针。

同时，指挥部还决定采取"拿下马岭，控制城壕、华池，发展吴旗，勘探姬原 4 个步骤，集中兵力围歼马岭"的战略，在近 10 万平方公里的范围内展开探油会战。

经过一年的努力，在主战场马岭地区，初步控制了 300 平方公里的含油面积和 1.5 亿吨的地质储量，发现探明马岭油田。

同时在吴旗、华池、城壕、南梁、山庄、姬原、彭滩等地，又相继打出了保罗系油井，在宁夏地区详探了大水坑、红井子、东红庄油田。

1972 年，继第一个会战高潮后，勘探人员又找到了吴旗、城壕、华池、南梁、红井子、东红庄等 6 个小油田，获有工业油流 16 处。

如此之多的胜利，为长庆会战展示了一个充满希望的前景。

渗透问题得到解决

1972 年下半年，会战的第一个高潮过去了，人们的情绪开始降温，甚至一下跌入低谷。

原来，在"围歼马岭"之后，一时还没有找到一个较大的可供继续开展大规模勘探的接替区块。

另外，最让人头疼的是，马岭、华池诸油田经过一番勘探之后，在出油和油田连片，拿储量、定面积这些关键问题上，遇到了大的"拦路虎"。这就是盆地地下地质情况极其复杂，油藏极不理想。盆地的两大含油层系皆是低渗透、特低渗透油藏，普遍是低产。

其中，侏罗系延安组油层虽然在一些地方找到了一些高产区块和高产出油点，但普遍受到构造和岩性控制，高产不能稳定和持久。

而三叠系延长统油层岩性更为致密，不仅仅是低渗透低产，而且是特低渗透。

这一认识，在前期勘探的各个阶段和 1971 年的勘探实践中进一步被证明。

当时，尽管在会战一开始，人们怀着"要在长庆拿下中国第二个大庆"的勇气和决心，但会战以来，自始至终都有大批"井井有油，井井不流"的贫油论，以及"三低一无论"即低渗透、低产量、低压力、无天然气等悲观论调。

因此，无论有多么高的政治热情，也代替不了和改变不了经过实践之后的科学事实。"井井有油，井井不流"的"三低"问题更为突出地摆在人们面前，甚至无情地折磨和困扰着人们。

最初能喷能流的油井，可以说是昙花一现，只给人们以短暂的喜悦，喷了那么一阵就不喷了。

同时，一些有可能出油的构造却不出油，能出油的地方却出油甚少，能连片的区块也不能连片，从而影响到面积和储量的落实。

一时间，会战面临着大的障碍。

面对这个"拦路虎"，人们沉默了，开始了深层的研究与思考……

当然，问题总不会难倒英勇的石油工人，随着李敬、程国策的到来，油田的问题逐步被解决了。

早在 1972 年 4 月，燃化部就派李敬从江汉油田到长庆油田，任指挥部副指挥。11 月，李敬又担任长庆会战指挥部党委副书记。

李敬到达长庆时，会战正处于展开勘探阶段。通过 1970 年至 1971 年的钻探，马岭地区已经有 11 口探井出油。

同时，在华池、城壕、南梁和吴旗等地的钻探，也相继钻获工业油流。

接着，1972 年在盆地南部地区继续钻探，共有 109

口探井出油，并初步探明了马岭油田的含油面积和储量，并在 10 多处钻获工业油流……

就是在这种情况下，李敬在"围歼马岭"的勘探战役中来到了长庆。

李敬，45 岁，精力充沛，气血饱满，平易近人，穿着简朴，一套褪色的深蓝中山装整洁而合身。

李敬到达会战指挥部后，并非像一些领导那样是下车伊始，坐在上边指手画脚，发号施令，他一来就甘当兵头将尾，甘当小学生。

为此，李敬深入探区一线，深入各个基层单位，调查研究，虚心听取各方面意见，熟悉和掌握会战的实际情况。

为了解钻井情况，李敬经常和刘俊卿一起跑井、看路、定井位，指挥井队搬迁、安装、开钻。

为了掌握油田井下情况，李敬将分布在陕甘宁地区，特别是陇东地区的大小钻井队、地震队、试油作业队，一个一个几乎全部跑遍了。

在工作中，哪里发现问题，李敬就在哪里现场解决；哪里当天没有完成任务，就是不睡觉，也要协助职工去完成。

在视察中，李敬一方面对工作一丝不苟，另一方面对工作对同志非常热情。

李敬在平时的工作中，视职工群众为知己、为兄弟朋友，在工人面前从来不摆领导的官架子。

每到一处，李敬就和工人群众吃在一处，住在一处，干在一处，摸爬滚打在一处。

　　和工人在一起的时候，李敬喜欢谈笑，嬉戏，调侃，讲故事。

　　每当工人们干累了、干乏了，为了活跃气氛，有时李敬索性面对陇东巍巍群山，一板一眼地哼唱起秦腔戏来，与大伙同乐。

　　通过一段时间的观察与体验，李敬深刻地认识到长庆不同于大庆，陕甘宁不等于松辽。

　　一是地面情况大不相同，大庆油田位于黑龙江省西部、松辽盆地中央凹陷区北部，油田境内地势平缓，是一望无际的大草原。虽气候寒冷，但地面施工运作无多大障碍。

　　而长庆油田位于西北黄土高原鄂尔多斯盆地，境跨陕西、甘肃、宁夏、内蒙古、山西五省区，其地形地貌复杂，南部是黄土丘陵山地，塬高坡陡，沟壑纵横；北部系沙漠戈壁地带，奇旱无雨，终年多是凛冽风沙，东西南北交通运输极不方便。因此，长庆油田的施工环境要比大庆油田困难得多。

　　二是地下油藏情况非常悬殊。大庆油田的主体层长垣，是松辽盆地中央凹陷区北部的一个大型背斜构造带，是世界上罕有的非常完美、非常理想、非常集中的大型含油富集区。从世界石油勘探历程来讲，大庆是在"背斜找油阶段"发现的最佳地区之一。大庆的一口井打下

攻克难关

去，原油就自动地从地下喷流出来。

而长庆的油藏情况就不是这样了。长庆的两个主力层是中生界侏罗系延安统和三叠系延长统油层，是非常复杂非常致密的岩性油藏，虽然面积分布较广，但大都是低渗透和特低渗透油层。

所以，经过综合分析，李敬认识到，长庆的情况是"井井有油，井井不流"。地面条件的恶劣和地下情况的不尽如人意，构成了长庆油田会战的天然障碍与勘探开发的特殊性。

也就是说，要在这样恶劣的环境和复杂的油藏中拿出油来，搞出一个大油田来，非得付出一番超常的艰苦卓绝的拼搏努力不可。

对于这个特点，李敬与长庆会战的同志们很快取得了共识。

由于这里的油藏都具有含油段多，孔隙度低，渗透率低和压力低的特点，会战初期，为了改造低渗透油层，提高低渗透油层的生产能力，1971 年和 1972 年，对 200 口井进行了油层压裂，但增产效果均不理想。

为此，李敬和于耀先、周世英等指挥生产的领导同志绞尽脑汁，进行了认真的分析研究。

通过反反复复的苦心琢磨后，李敬等人认为，像这类低渗、低产油层，要获得好的压裂效果，必须提高压裂强度，对油层多制造裂缝，增强裂缝的延伸长度。

同时，李敬认为还要减少压裂液和支撑剂对油层的伤害，使裂缝保持较高的导流能力。

在这一认识的基础上，1973 年，李敬等人制定了"大搞压裂措施，改造低渗透油层"的方针。

1973 年 2 月 24 日至 3 月 12 日，指挥部党委扩大会议隆重召开，此次会议重点讨论油井的压裂问题。

经过讨论，会议明确提出：

> 要猛攻压裂及抢修公路，加强试采，搞好配套等项任务。具体安排打压裂井 170 口，试油 350 层、压裂 350 次。同时还部署了庆阳、吴旗、马岭、葫芦河 4 个压裂试验，并组和建产能 5 万吨的马岭油田会战。

1973 年 5 月 27 日，油田指挥部在庆阳召开计划会议，再次讨论油井压裂问题。

经过与会人员的认真分析，大会最后确定 1973 年是长庆油田的"压裂年"，解决把油拿出来的问题。

会议结束之后，为了搞好压裂攻关试验，郭究圣、李敬、程国策、于耀先、周世英等指挥部的领导带领大家大唱"压裂"歌，在这个依靠压裂拿油的低渗透油藏王国，打响了攻坚啃硬的第一战。

李敬是一个不撞南墙不回头的人，在此次的压裂攻关中，他积极组织发动科研单位的人员，围绕压裂搞专题攻关。

为了解决一些难题，李敬常常和科研人员打成一片，为他们出谋划策，撑腰打气。

同时，研究所的科研、化验人员，为了试制出减少伤害油层的优质压裂液，他们放弃了春节休息。

在这一年吃年夜饭时，参与会战的广大职工干部，每人为试验攻关剥一碗槐树豆。

原来，这槐树豆是试制优质压裂液的原料，李敬见科研人员剥这个，就动员机关干部职工一起来动手剥槐树豆。

这就是在石油战线上广为流传的"压裂年里吃压裂饭"的活动。

在研制压裂液的同时，会战人员还在改装压裂设备，研制高压封隔器，发展"一井多层，分层改造"的井下作业技术，同时还开展了井下爆炸压裂试验，以及对高效射孔弹和"压裂检测手段"的研究攻关。

在做这些研究时，李敬常常深入室内试验现场和野外施工试验现场，与科研人员和试油队的职工一起同甘共苦，以随时帮助科研人员解决各种非技术类的复杂问题。

李敬经常陪着科研人员一起熬到深夜，有时试验在早晨进行，李敬又很早就冒着凛冽的寒风来到试验场地。

后来，李敬还专门写了一首《猛压裂》的诗。李敬在诗中写道：

压，决心改造低渗透，

猛压裂，油层大张口。

压，机泵隆隆地球抖，

大排量，吞砂几十吨。

压，革命拼命加科学，

开生面，胜利在招手。

在科研人员的艰苦努力下，通过研究多种配方，科研人员终于试验成功了水基冻胶压裂液，该压裂液投入使用后，效果良好。

于是，很快，一曲"压裂"之歌在陕甘宁盆地奏响了。

科学攻克压裂的难关

1971 年 7 月，傅潮水带着四川钻井处一批钻井试油队伍奉命跑步上庆阳，参加长庆石油大会战。

来到庆阳后，指挥部把这批钻井队伍编入长庆油田会战指挥部第十二团，由傅潮水担任副团长。

谁知会战队伍上来后，发现陕甘宁地下石油地质情况复杂，油田不连片。那些出油井只能是以出油点而存在，不见大面积储油。

有的油井开始自喷，但没有多久就不能自喷了。出现了所谓"井井有油，井井不流"的局面。

面对这个局面，油田会战指挥部下了决心，开始向低渗透发起了进攻。

指挥部请来了好多专家，采用华罗庚的"优选法"，希望能指出一条路子。

尽管好多专家都请到了，并做了一番考察和研究，但是并没有真正解决长庆不出油的问题。

此外，还采取了许多别的方法，如由副政委齐涛推荐，从兰州军区弄来"火箭推进剂"在井底爆炸的方法和"套管切割"等方法，但这些方法均未取得成功。

1973 年，长庆油田会战指挥部发出了"吃压裂饭、过压裂年、唱压裂歌，攻克低渗透"的号召后，指挥部才下决心，把钻井十二团改编为井下技术作业指挥部，由傅潮水担任了井下指挥部指挥，开始把压裂放在油田勘探开发的主攻目标上。

改编命令发出后，井下技术作业指挥部的建设工作就开始逐步展开了。

改建井下技术作业指挥部，显然存在着比较大的困难。因为业务性质不同了，对地层采取进攻性的措施也是有限的。

同时，就当时的压裂工艺而言，世界上还处在发展阶段。从国内来看，更处在初步试验阶段。

因此，长庆井下技术作业指挥部可以说是在一无所有的情况下，白手起家，自立炉灶建立起来的。

当时，指挥部共有职工 2375 人，有两个作业大队及 3 个直属压裂队。各作业大队有 10 个作业小队，分别负责马岭及华池地区的试油工作。

在技术设备上，指挥部仅开始用最简单的通井机和压裂车。

面对这种状况，傅潮水和副指挥车肯堂、韩安柱等一班人没有气馁，他们下决心对井下技术作业队伍，从机构编制到各作业系统进行了全面的改建。

为此，傅潮水等人经过多次协商，并在有关部门的支持下，采取了如下措施：

首先成立一个 300 人的压裂大队，由肖树年任队长；购买了罗马尼亚 400 型压裂机组，后来再购买国产的 500

型压裂机组，把队伍装备起来；成立60人的工具准备队，专门为压裂准备配套工具；建立了压裂液配液站，80人的编制，然后请了若干化学专家，从48种原料中优选了压裂液原料，寻找油田的压裂液；成立地质队，由40多个地质技术人员组成，倪宗禧是队长；成立30多人的攻关队，专门搞工艺工具的研究；建了一个压裂沙厂，发动职工家属用钢板炒沙子。

同时，对指挥部机关科室进行了改组，放手使用人才，把一些年轻的党政干部和技术干部调整安排到各科室的领导岗位上来，如魏光强、倪宗禧、包方钧、杨洪智、周仁荣、戴能尚等。

这一系列的措施付诸实施后，井下指挥部算是基本建立起来了。

在安排队伍配套编制的同时，傅潮水还在做现场压裂试验。他的文化程度不高，却能知人善任，把大家当知己当朋友。

在工作中，傅潮水对大伙非常亲热，信得过，甩得开，能充分团结大家，调动大家的积极性，所以各项工作就很快展开了。

当时井下指挥部只有两辆小车，一辆罗马汽车，一辆老北京车，夏不遮雨，冬不挡风。但是，在当时的条件下，要下去跑井队，这就是最高的待遇了。

然而，傅潮水跑井队一般不坐小车，而是把小车让给技术干部坐，他上井都是坐卡车。

在日常工作中，白天傅潮水差不多都去基层，跑井队搞压裂试验；晚上，技术干部们加班搞技术研究，他也在场，关心他们，帮助解决问题。很多职工说："傅指挥是我们的好领导，真正的贴心人。"

在压裂试验的过程中，石油工人的生活是很艰难的。那时，部分人住的"干打垒"，部分人住老百姓的窑洞，这还算不错，算情况好点的。当时，甚至还有两家人住一顶帐篷的情况。

冬天冰天雪地特别冷，职工取暖烤火，烧落地原油，烟大，到处都是黑灰，人们穿的白衬衣都变成灰的了。

井队做饭也很简单，地下挖一个坑，把锅架上去就行了。生活供应差，无菜，吃杂粮、红芋干、萝卜干和南瓜。

尽管当时生活很艰苦，又没有奖金，人们为油而大干的精神却丝毫不减。

就在这种条件下，傅潮水依然带领职工向低渗透进攻。他们不凭别的，凭的就是那股"宁肯少活20年，也要拿下大油田"的劲头。

开始，搞压裂试验，400型的压裂机上去以后，居然压不开。

一看效果不佳，傅潮水就立即与干部们研究，改变了方式，购买了新型的压裂机组。

通过试验，新型的压裂机组取得了不错的效果。第一批井是在马岭试验成功的。在这里，一些不出油的井试出了油，一些油井还试出了高产，大伙儿脸上绽开了笑容。

油井压裂的胜利，不仅使很多原来认为没有油的油井产出了油，使产油少的油井，变成了高产油井，还化解了人们对"井井有油，井井不流"的担心，从而推动了"五路会战"这一更大规模会战的展开。

四、 创造辉煌

● 看到傅潮水为此事发愁，人们就对他说："大庆有个女子钻井队，咱们长庆也应该有个女子试油队。"

● 王文汉听后，不为所动，他坚定地说："事在人为，干革命就不怕担风险。"

● 康世恩风趣地说："你们不光过一个压裂年，吃一次压裂饭就行了，还要年年过，年年吃。"

打响"五路会战"第一炮

1973年至1974年，压裂频频奏效，低渗透油层的改造取得了初步成功，从而实现了马岭油区复合连片。一时间，在马岭这片地区，出油的喜讯不断传来。

于是，长庆会战开始升温了。以拿储量、拿面积为重点的找油勘探工作，开始转向以勘探开发为重点的产能建设。

1974年8月，长庆油田会战指挥部决定，在马岭油区进行大规模详探和在近8平方公里的试验区进行5万吨产能建设试验，并组织了以钻井、试油压裂、试采、油建、钻前筑路工程为内容的"五路会战"。

同时，油田指挥部在会战前沿阵地马岭，设立了一个机构健全、生产配套、政工、科研、生活服务各项工作具备的"前线指挥部"，由会战副指挥程国策、李敬等担任"前线指挥部"指挥。

为了保证"五路会战"的胜利，会战指挥部又在陕甘宁各探区动员组织了17个钻井队，16个井下作业队和油建、筑路、修井队等参战队伍共1.1万多人，动用1000多台大型设备，在很短的时间内，全部到位并展开作业。

为了高速度、高效率夺取勘探开发试验的成功，广大干部职工团结战斗、猛攻硬上的热情十分高涨，出现了"学大庆，人人争当铁人"的生动场面。一场"五路会战"的壮观景象，又在长庆油田的马岭油田上演了。

当时，马岭"五路会战"实际上是向低渗透油田进攻的一项重大举措，是向马岭油田要面积、要储量、要产量的一次攻坚性的歼灭战役。因此，井下技术作业指挥部，在"五路会战"中的重要性就可想而知。

1974 年 8 月，马岭"五路会战"一开始，井下指挥部就在马岭现场隆重召开了誓师动员大会。

誓师大会对工作进行了部署，他们提出的口号是：

抢晴天，战雨天，

24 小时连轴转，

全年不过礼拜天。

为此，井下指挥部把一切力量都投入了会战。职工的觉悟高，干劲大，上得猛，上得快，无论怎么艰难困苦，他们都是歌声朗朗，豪情满怀，没有人言苦，言苦或退缩似乎被人们视作一种"耻辱"。

那时，为了鼓舞士气，油田上下大唱"压裂歌"，歌词如下：

压、压、压，

狠狠地压，

压开地层千条缝，

压进地层百方沙，

压得石油滚滚流。

奋战中的各个作业队工作起来，堪称疯狂，其中作业一队表现得尤为突出。

在"五路会战"中，一队队长张德海带领职工，在高温天苦干大干，六天六夜油工衣不离身，苦斗了70多个小时不下井场。为此，他腰腿痛得直不起来了，但还是照样坚持到完成试油压裂任务。

看到张德海的这种拼搏精神，很多人都非常感动，他们亲切地称张德海是"铁人"式的好队长。

与此同时，其他许多井下工作队也不甘落后，他们唱着"压裂歌"，努力克服各种困难，积极开展工作，使各项纪录不断被打破：

井下作业五队，创35公里距离4小时的搬、安、开工新纪录；

作业七队，月试油开井3口，完井3口，在404井5天交完正口井，创战区作业队建井周期新纪录；

压裂队在岭93井，创造了29分钟压完一层的好成绩，又在岭27井搞中型压裂一次成功，加沙量达到41.7立方米，创战区压裂新纪录；

…………

在这种快干、狠干精神的鼓舞下，井下技术作业处职工，在傅潮水等一班人的领导带动下，一起大干快上，争分夺秒，很快取得了巨大成功。

8 月份，"临指"组织各个作业队，试油30层，压裂16层，分别为战役计划的62.2%和57.5%。试油交井13口，创月交井数最高纪录。

不断的胜利更是激发着参加会战的各路石油大军，他们的工作激情被再一次地调动了起来。

8 月4日凌晨，井下作业十五队接到了搬往岭 55 井的通知。此时，已经是凌晨。

于是，作业十五队就连夜投入动员准备工作，第二天6时开搬，全程110公里，实现了当天搬、安、开工连环作业。

5 天后，岭55井就试出日喷 100 立方米的高产工业油流，从而打响了"五路会战"的第一炮，为"五路会战"创造了一个开门红，大大鼓励了其他会战队伍。

女子试油队表现不凡

1975年10月，西北大地，秋风送爽。此时，井下指挥部带领井下作业的队伍，取得了巨大胜利后，开始由庆阳驿马镇搬往马岭贺旗镇驻扎，准备在秋天这个收获的季节，再创更大的辉煌。

正当井下指挥部准备放手大干一场的时候，指挥部又得到了一批刚刚分配的大专学生和中技学生。接着，又有一批上山下乡的知识青年来到了井下指挥部，而且女子多男子少。

一下子来了这么多女同志，傅潮水皱起了眉头，这么多女孩子，该怎么安排啊？放在后勤容不下，拉上一线干不了。

看到傅潮水为此事发愁，人们就对他说："大庆有个女子钻井队，咱们长庆也应该有个女子试油队。"

这么一说，大家都拍手赞成，那些姑娘更是喜笑颜开，她们一个个摩拳擦掌，纷纷递来了请战书，要求加入女子试油队。

井下指挥部的领导对此事非常重视，他们在广泛征求了意见之后，正式决定成立长庆第一个女子试油队，即作业二十二队。

就这样，长庆的女子试油队在大家的关注与欢呼下成立了。队长兼指导员由 1970 年北京石油学院分来的大学生尹春洁担任。

成立之时，全队有 70 多个人。年龄最大的 30 多岁，最小的只有 16 岁，其中党、团员占大多数。

为了庆祝这一伟大时刻，指挥部还为女子试油队专门召开了成立大会。

此刻，这些即将参加试油工作的姑娘们，早已经急不可耐地准备参加到试油队奋战一下了。在召开庆祝成立大会后，她们就敲锣打鼓地奔赴"马岭 30 万吨产能建设会战"的试油战场。

就这样，姑娘们正式开始了她们的工作。

开始，她们都是新手，都是细皮嫩肉的女孩子，什么都不会。顾问师傅很辛苦，手把手地教，一口井一口井地跟班指导。

这些姑娘很有志气，为了早日学会试油，她们都能自觉地勤学苦练。

开始工作的时候，她们练打管钳，练接钢丝绳，练十字作业，练起下钻，只要是她们工作需要的，她们都练。

高强度的练习使她们的双手起了泡，流出了血，她们也毫不在乎，贴上胶布继续练，最后终于练出了一手好本领。

在女子试油队进入作业的前前后后，傅潮水最为关怀。对长庆第一个女子试油队，他给予了热情的扶植与支持。在工作之余，他和井下指挥部的其他领导，深入女子试油队，关心她们的疾苦，鼓励支持她们的生产积极性。

同时，傅潮水等人在生产上还全力以赴确保女子试油队器材、设备等物资供应。在生活保障方面，指挥部提出，要首先满足女子试油队的需要。

在各级领导的关心下，女子试油队的姑娘们斗志很高，在工作中，她们守纪律，作风严整，从来没有人退下阵来。同时，她们工作还认真负责，件件工作毫不马虎，从她们手里出的资料都是一流的。

1976年，井下指挥部又成立了井下第二个女子试油队，即作业二十一队。

这两个女子试油队自1975年至1979年5月，先后5年时间，年年荣获局、部级标杆集体。

1977年，石油部副部长宋振明率团来到长庆油田检查指导工作。

为了迎接石油部领导一行，也为了向部领导展示女子试油队熟练的技术，女子试油队的姑娘们还为检查团专门做了一次技术表演。

看到女子试油队的表演后，宋振明和各位来检查的领导都非常高兴，很多领导都竖起了大拇指，赞扬女子试油队不俗的表现。

确实如部领导赞扬的那样，在工作中，女子试油队的表现是卓越的。她们上井试油、压裂测试求产技术效果不比男子队差，有的甚至超过男子队。

1977 年，两个女子试油队试油压裂分别突破 100 多个层次，且达到 126 个层次，创造了油田最好的压裂纪录。

女子试油队的不俗表现，自然也赢得了井下指挥部领导和普通职工的佩服。

在工作中，女子试油队的姑娘和其他队的男同胞们一起奋战，她们用自己的青春年华，在苍凉的黄土地上为我们展示了一代石油巾帼英雄的风采，也为我国的石油工业作出了杰出贡献。

钻井处多次创造纪录

1974 年，长庆会战指挥部发出"五路会战"的决定后，钻井处的干部和工人开始了新的征程。

当时，第一钻井处的职工，在党委书记史秉兴，处长赵文元、张继业、周志儒等一班人的领导和指挥下，发扬"革命加拼命"的精神，干群协力平井场、修公路、拉红土、打基础，他们斗酷暑战雨天，冲破重重困难，夺取了钻井的成功。

在此次"五路会战"的钻井处，有一个劳动模范非常著名，他就是钻井一处的副处长王化兰，早在玉门时，王化兰就是"铁人"王进喜的老队长，老师傅。

此时的王化兰已 63 岁了，并且还患有气管炎、关节炎，有时走路都有困难。但他在工作中，仍然是身先士卒带头大干的老模范。

每天，天还未亮，王化兰就首先出现在工地上。当前线需要抢修钻前公路时，他就积极发动大家，跑步上阵。

当立井架打基础需要块石时，王化兰就亲自去抬石头，带着机关职工把石料很快送到井场。

当配泥浆需要坩子土时，王化兰又带领大家挥锹舞镐，劈山取土，以满足井队需要。

在钻井处，除了有王化兰这样的老模范外，新的劳动典型也有很多。被称为"长庆铁人"的王文汉就是其中的一位。

王文汉是 18103 钻井队队长，1974 年 8 月中旬，"五路会战"开始后，正在打岭 312 井时，他的腿部受了伤，裤子沾在肉上，但他仍然坚持打井。下班后，沾在肉上的裤子揭不下来，他只好忍痛让人帮他往下扯。

工作中的王文汉的确与"铁人"王进喜一般无二。

王文汉身高只有 1.64 米，然而，他却敢带头跳进一米五的泥浆池中搅拌泥浆，抢险压井。

王文汉的体重只有 55 公斤，他却能一口气连续扛水泥 240 袋，合计 1.2 万公斤。

在从岭 312 井往岭 307 井夜间搬家时，他 24 小时连轴转，眼睛挂满了血丝，汗水湿透了衣衫，嘴上起了泡，也丝毫不在乎。

看到王文汉，年老的石油工人想起了在大庆会战的王进喜，于是，人们就亲切地把王文汉叫作"长庆的王铁人"。

钻井处领导张继业等人知道王文汉的事迹后，非常感动。为此，张继业还决定抓住"长庆铁人"这个典型，在全处内大张旗鼓地进行宣传与学习，以带动全处的钻井工作。

同时，张继业又积极向油田指挥部推荐这个典型。于是，不久王文汉就被长庆油田指挥部党委，树为"长庆铁人""长庆钻井战线一面旗帜",在全油田范围内推广学习。

面对接踵而来的荣誉,王文汉并没有停止追求卓越的脚步,虽然月进尺已达到上万米,但他还要朝着新的目标不断前进。

一次,王文汉采用清水打钻法,投入高速度钻进,当钻头飞旋直下,钻到井深 1000 米时,有人认为:"清水钻井快,但千米以下,地层膨胀,压井困难,如若闯出乱子会丢了先进队的面子。"因此,他们主张改用泥浆打井。

王文汉听后,不为所动,他坚定地说:"事在人为,干革命就不怕担风险。"

就这样,王文汉坚持用清水钻到油层的顶部。

接着,王文汉又和全队职工,人不下井场,身不脱工衣,冒雨雪,踩薄冰,苦战了一夜,战胜井漏,做到了泥浆压井一次成功。并实现了用 19 天打完一口深井的重大突破,仅钻头一项就为国家节约了 2700 多元,并且提前完成了全月生产任务。

在这样一大批叫得响的先进集体和先进个人的带动下,钻井处的全体人员激情高涨,不断创造了一个又一个辉煌成就。

8 月份,钻井处开井 6 口,完井 6 口,进尺 1.3 万多米,为战役计划的 60%,是钻井一处历个月进尺最高的一月,井身合格率和固井合格率都达到 100%。

1825 队在岭 123 井夺得了日进尺 564 米的好成绩，19 天打完了 1372 米的中深井，刷新了陇东地区中钻建井的周期纪录。

18103 队，在由岭 312 井搬往岭 307 井过程中，7 小时搬迁安装完毕，创战区钻井短距离搬迁安装的最高纪录。

3261 队在岭 84 井取得日进尺 577 米的好成绩，一只钻头 14 小时 17 分钟钻进 460 米，取得了单只钻头进尺新成绩。

32307 队在岭 103 井实现了大钻一天搬，一天安，第三天就开钻的快速搬迁安装纪录。

这一年在"五路会战"中，钻井处共完成了 20 多万米的钻井纪录，圆满地完成了任务，当年被甘肃省评为先进企业。

同时，钻井处的优秀表现也激发了其他会战单位的劳动激情，从而推动了"五路会战"高潮的到来。

筑路工人的艰苦奋战

1974年8月，为了响应五路会战的号召，筑路工程处的职工，在党委书记王志华、处长高永忠、副书记殷定江等人的带领下，掀起了筑路的高潮。

仅8月一个月，筑路工程处和各单位共修筑钻前公路23条，长47.9公里，土石方量52万立方米，完成了战役目标的76.6%。

在施工中，工人艰苦会战，还打破或创造了多项纪录。

筑路第一队在抢修岭119井公路和井场的战斗中，坚持昼夜施工，修路6公里，搬运土石方量5万多立方米，苦战8天竣工通车。

筑路第六队，在抢修岭69井公路中，白天顶烈日，啃干粮，夜晚用包炸药的包装纸，卷成火把，进行夜战，突击完成了任务。

筑路处机械班，在修筑岭120井公路中，推土机台班推土820立方米，创本处同型推土机班最高纪录。

1974年冬天，筑路工程处的职工在华池老爷岭修筑通往吴旗山区的公路。当时，华池到吴旗这一段皆系大山深沟，一条蜿蜒曲折的柔远河环绕其中。山多河多沟壑多，过去一直没有路，施工异常艰难。

当时，筑路大军的工具大都是铁锹十字镐和土炸药包。施工的工具还非常落后，开山破石，炸药全凭人背，石方都是靠人抬肩扛搞上去的。人们的手破了，就多戴一层手套，肩头磨烂了，就多加几层垫肩。

当然，最大的困难还是运输力差，搬移土方，运送物品，全凭人拉架子车。在施工中，土石方量非常巨大，遇山岭挡道，筑路工人就劈山改土，遇河水隔阻，筑路工人就架桥修涵洞。

面对困难，筑路工人发扬大庆精神，一起出大力流大汗，一同起早贪黑脱皮掉肉地苦干着，从不言一声苦，道一句难。

最难修的是快要接近吴旗的一段路，因为公路的走向不是绕河沿就是爬山岘。有的地方修好了又塌方，塌了又修。

有时，有的地方公路上山有困难，又只好改道下山，有的地方公路过不了河，又改道上山，就这样前前后后，光改道就改了3次，折腾得人们苦不堪言。

在最困难的时候，日夜奋战的筑路工人还面临着没有粮吃，没有菜吃，甚至连碗汤面条也吃不上的考验，可是，大家在筑路处干部的带动下，从不畏缩，用坚强的意志，闯过了一道又一道的难关。

为了如期施工，尽快完成任务，指挥部领导李敬亲临现场住下来，和职工一起冒着严寒风雪，日夜抢赶工期。

在李敬的带领下，筑路大军逢山开路，遇水搭桥，一鼓作气，终于按时完成了这一艰巨的任务。

看到筑路工人的英勇表现，李敬遂作《筑路赞》一首，热情洋溢地赞扬了职工艰苦创业的筑路精神，他在诗中写道：

> 工农兵，志气豪，填深沟，崩山头。
> 挥铁臂，战地球，山峁梁，大变形。
> 炮轰轰，机隆隆，推土机，显神通。
> 东西南北路成网，车马高歌桥上行。
> 嵝岘变成阳关道，汽车跟咱上山峰。
> 庆阳华池打扮梁，车到吴旗半天程。
> 修桥筑路比贡献，人民称赞英雄汉。

筑路大军的艰苦努力，特别是众多井前公路的修建，有力地促进了钻机工作的顺利进行，也为"五路会战"的胜利提供了重要条件。

"五路会战" 成果辉煌

1974 年 8 月, 油建工程处职工在处长崔林桐、党委书记尚继宗、副处长赵启勋等一班人的指挥下, 众志成城, 挑起了产能建设的大梁。

在崔林桐、尚继宗、赵启勋的带领下, 油建工人再次发扬敢打恶仗的精神, 创造了多项辉煌的成绩:

共 76 根, 152 节, 每节重 800 公斤的 3.5 万伏高压输电线路的散杆任务, 油建工人发扬 "人抬肩扛" 精神, 全部散开、立起, 提前 7 天完成了任务。

抽油机基础预制、上原供水管线铺设、单井投产、电脱盐投产等工程和工作皆在一月内出色地完成了任务。

油建第一大队在为 3208、32303 两上井队之间铺设长约 7 公里上原供水管线施工中, 因坡高路窄, 汽车上不去, 他们就人抬肩扛, 喊着号子, 硬是将 100 多吨管材搬到了山上。

为此, 有许多工人肩膀被压破, 血和衣服粘在一起, 但他们仍然坚持施工。就这样, 他们 4 天完成了原定 7 天才能完成的任务。

油建工人的艰苦奋战是有成效的, 仅在会战当月, 油建工程处就完成基建投资 140.5 万元, 是油建处会战 3 年多来的最高纪录。

除了油建工程取得重大突破外，采炼处也取得了不少辉煌的成就。

"五路会战"开始后，采炼处职工，在处长王秀生、党委书记曹德群等人的组织带领下，紧密围绕开发试验第一战役所部署的任务，进行注水、压裂、试采，以观察开发效果。

8月份，采炼处试采原油6942吨，炼油6697吨，分别为战役计划的51.5%和55.8%。

同时，在会战中，采炼处还成功投产注水井一口，投产采油井两口，采炼综合效率均有所提高。

在"五路会战"中，后勤单位也是全力以赴总动员，服务于生产，勇挑重担，千方百计保前线。

运输处职工在处长刘俊卿、副处长陈正发、夏梦春等领导成员的指挥下，抽调了100多台车辆，组成了搬迁队和物资长途转运队。克服了连续作战车况差，雨季运输路况差，山大沟深坡路险的重重困难，争分夺秒抢时间，有力地配合了会战生产。

在会战中，司机们常常是跑车不分昼夜，吃饭没有时间，住宿没有定点。饿了，啃几块干馒头；渴了，就向老乡讨口水喝；困了，在驾驶室打个盹，连续多天顾不上洗脸，那是常见的事。

在会战中，运输战线职工的表现赢得了大家的一致认可，人们还亲切地把运输战线的职工誉称为"高原铁骆驼"。

为了全力保障"五路会战"的胜利，参加长庆会战的测井、科研、器材、机械、大修、医院、生活后勤等单位的干部职工，也都想会战之所想，急会战之所急，纷纷组织前线服务队和工作队，深入施工现场，为战斗在一线的职工服务，做到了全方位的配合。

11月30日，经过几个月的努力，马岭"五路会战"第一期战役初战告捷。

这次会战的成果是：钻井32口，完井29口，进尺5.1万米，试油135层，压裂175次，共交试油井56口。

此次马岭"五路会战"的胜利，为下一步大面积开发马岭油田取得了经验，树立了样板。

妥善解决渗透问题

1975 年 1 月 3 日，庆阳县城天寒地冻。

就在这一天，长庆油田指挥部在庆阳隆重召开了油田开发建设誓师大会。

经过多方讨论，此次大会明确提出 1975 年会战的主要任务是：

> 以压裂开发为重点，继续扩大落实复合大连片，找高产油流，减少积压井。
>
> 打一场以压裂、试油为重点的开发试验、油田建设、钻井、设备维修和抢修钻前公路的大会战。

4 月，石油化工部部长康世恩来马岭油田检查工作。在马岭油田时，康世恩向指挥部领导李敬详细询问了油田压裂情况。

听了李敬的汇报后，康世恩说："很好，就是要狠抓压裂，猛攻压裂，这是长庆油田勘探开发的主要矛盾。你们的油田，只有通过压裂注水才能把油拿出来。再无别的路子了。"

接着，康世恩还指出："要把压裂成为定型的、熟练的、配套的开发措施，还要逐步完善分层压裂工艺，要与深穿透，饱填砂，少伤害，快返排等大型压裂工艺相结合，才能提高压裂效果。"

看了一眼那些奋战在石油战线的部下，康世恩风趣地说：

你们不光过一个压裂年，吃一次压裂饭就行了，还要年年过，年年吃。

李敬听了康世恩的话，连连点头说："对，非得要有十年二十年的决心不可，我们打算在 20 世纪 70 年代以内，要把长庆油田搞成一个最大的压裂王国，这样，才能制服低渗透。"

康世恩听了李敬的话，非常高兴，他充满感慨地说："是的，没有这个决心，就别想在陕甘宁拿出大的油田来。"

康世恩的到来，给长庆会战克服渗透问题的决心，打了一针"强心剂"。

李敬在聆听了老部长的教诲之后，便把康世恩的指示做了认真传达，从而在会战指挥部统一了认识，统一了意志，统一了决心，形成了长庆油田的奋斗目标。

于是，一场彻底解决渗透问题的战役，再次在长庆油田打响了。

一时间，全国各地的一大批压裂专家开始向马岭集结，而此时参加长庆会战的各类专家也来到马岭，共同研究克服渗透问题。

在此期间，压裂酸化理论界的多名著名专家，像国内一流压裂专家朱兆明、石油大学教授王鸿勋、西南石油学院教授任树泉、西安石油学院专家周春虎等，都曾来过长庆。

专家们繁忙的工作开始了，在工作中，油田的各种工人都给专家提供了很大方便，并给予他们极大的尊敬。

据我国著名压裂专家朱兆明后来回忆说：

> 我来长庆井下指挥部这一段，给我留下的印象非常深，他们对我特别尊重，真正把我当朋友对待。井下的同志们处处照顾我，我十分感激。

有一次，一个教授在做压裂试验时，在场职工正在给井里打水，突然胶皮管掉了，喷了教授一身水，那时正是冬天，那位教授被喷了水，在呼啸的寒风中瑟瑟发抖，心里很不痛快。

井下指挥部指挥傅潮水知道后，便领上那个工人去向教授赔礼道歉，并说明这是无意的。

这个教授一见傅潮水襟怀磊落，态度非常谦虚和蔼，心里的不痛快便无影无踪了。他高兴地说："一件小事，没想到你傅指挥这么认真，对我这么真诚，我还有什么不可以谅解的呢?"

就这样，在技术专家和一线工人的共同努力下，渗透问题一点点被攻克。

当时，在对低渗透油层改造上大大地迈了一步，已经向多段大型压裂配套工艺发展，从而大大提高了压裂效果。

对延长组特低渗油层进行大型压裂后，从一些井中取出的油层岩芯来看，人工裂缝和天然裂缝已经取得了沟通，明显地起到了改善特低渗透油层的作用。

1975 年 8 月，在总结各种科技成果与会战经验的基础上，傅潮水组织人员编写了《井下指挥部试油、压裂标准与规程》，这是个多年以后仍然成为指导压裂工作的技术文件。这个技术文件编制得相当严密，包括打黄油与操作手法都有详细的规定。

有了这个标准与规程，就实现了人人有岗位，事事有人管，工作有标准，操作有规程。自此以后，压裂工作就形成了制度化、条理化的科学管理，克服了以往无质量要求的现象。

至此，克服渗透问题取得了巨大胜利。压裂的成功，是向低渗透油田进攻的成功，其意义是巨大的。

在长庆油田 150 平方公里范围内，通过压裂，把不出油的井压出了油，把不连片的区块连成了片，这样才使长庆油田，成功地被建成了一个年产 50 万吨原油的油田。

创造辉煌

压裂的成功稳住了人心，鼓舞了长庆石油建设者在陕甘宁这块神圣的土地上勇往直前的勇气和信心。

同时，压裂的成功还为我国石油界在井下技术作业方面培养了一大批骨干人才和压裂专家，总结出了许多宝贵的经验。

在当时及以后的很长时间内，全国压裂酸化"八大金刚"（8个最有名的专家），有5个出在长庆。他们是后来调往中原的梁军奇，长庆局钻采工艺研究院总工程师张春发，后来调任石油部压裂酸化研究中心主任的马兴忠，后来调华北油田的田学孟等。

此外，还有一大批在国内有名望的压裂酸化专家。如华北的杨永治，中原的马国正、肖世芳、刘岱诚、桑圣田、蔡依连，海洋局中外合资委员会的包荣兴、方荣光、裴建勤、彭学福，中原油田采油四厂老总王正元等等，这些在全国能排上名的有几十个人，都是在长庆这个压裂酸化王国锻造出来的。

因此，长庆渗透问题的解决，既解决了出油的技术问题，又为中国石油工业培养了大批专家，其辉煌的意义将永载在中国石油工业史册上。

奋战马岭油田

1975 年 1 月 24 日，农历腊月十三，对于长庆会战指挥部来说，这一天是一个不同寻常的一天。

这一天，兰州军区党委批复了长庆油田的请示，兰州军区党委批复道：

> 同意长庆油田党委增补王凤来、宋志斌、周世英、陈国法四人为党委常委，郭究圣同志任党委书记，李敬、程国策为党委副书记。

新的长庆领导班子成立后，"工业学大庆"运动也开始深入发展了，并迅速影响到长庆的建设。

5 月 25 日至 27 日，长庆指挥部召开首届"工业学大庆"先进集体、先进个人代表会议。

在此次会上，5 个学大庆标杆集体，13 个学大庆模范集体，8 名学大庆标兵，18 名模范个人，172 个先进集体和 2368 名先进生产者受到了大会的表彰。

于是，长庆会战的第二个高潮到来了。

9 月 12 日至 19 日，指挥部召开党委扩大会议，传达贯彻国务院、中央军委关于改变长庆油田领导关系的批示。

在此次会上，石化部副部长焦力人和陈烈民到会作了重要讲话。宣布长庆油田会战指挥部交由石油化学工业部领导，军队干部开始撤出油田，回归部队。

从此，长庆油田的发展翻开了新的一页。

会议结束后，焦力人等同志又先后视察长庆油田，向各方传达国务院、中央军委的指示精神，从而促进了油田大规模企业整顿和生产建设，再次振奋了陕甘宁盆地石油创业的会战雄风。

当时，长庆油田的第二次会战高潮的主要任务是马岭30万吨产能建设，这是第二个高潮的主战场，也是油田投入开发建设的第一个大区块，地点在马岭油田中一区，面积约33平方公里。

同时，马岭油田30万吨产能建设，还被列为1975年全国单项投产的350项重点工程之一。

为了完成此项任务，长庆会战指挥部集中了13个钻井队，4个试油队，用半年时间完成了54口井钻井、试油压裂任务。

在此基础上，各项工作开始陆续展开了。

这项工程属于当年打井、当年设计、当年建设的项目。由于时间紧迫，绝大部分井、站皆建在半山坡上，施工难度非常大。

同时，该工程的全部流程采用单管密闭常温输送，并采用多通阀自动切换选井计量和自动调压等新工艺，这些都使此项工程难度加大。

为了高速高效拿下这项工程，指挥部决定加强组织领导，全面发动群众，打一场油田建产开发的"人民战争"。

首先在马岭油田前沿阵地设立了各路、组、室齐全的前线指挥部，并决定建立前线指挥部党委。由李敬为前线指挥部党委书记，陈国法为前线指挥部指挥，蒋长安等为副指挥。

接着，指挥部和前线指挥部又组织了以油建为主力的建设大军，同时采用将井站、项目任务分别包干的方式，划分给在陇东地区的各个单位，进行前线后勤齐动员，里里外外一起上，包括家属民工在内，出动人数达两万人以上突击此项任务。

1975 年 7 月，经过充分准备，马岭 30 万吨产能建设正式大规模展开。

一时间，马岭山川，盛况空前，塬上塬下，沟里沟外，红旗招展，人山人海，车水马龙，歌声朗朗，展现出一片"万马奔腾鏖战急"的宏伟景象。

当时，马岭 30 万吨产能建设，是以油田建设项目工程为主体，辅以钻井、试油压裂、测井、试采、筑路等项生产建设为内容的一项大规模会战。

因此，毫无疑问，多次立功的长庆油建工程处此次又成了这次会战的主力军。

1975 年 7 月，会战指挥部要求油建工程处成立"马岭中区产能建设前线指挥部"，以全方位指挥 30 万吨产能工程的油建工程。

7月10日，油建工程处根据油田指挥部的要求，在马岭中区的安家源成立了指挥部，由处长崔林桐和工程处副处长、主任工程师王天增，驻工地坐镇组织指挥，党委书记尚继宗在基地主持策应工作，副处长赵启勋主要负责后勤供给。

当时，油建处承担的项目工程量大，施工点多，地域分散，地形地貌复杂，道路窄小弯弯多，车辆运行极不方便。

一句话，这里是"困难多、条件差"，其任务非常艰巨。这也是崔林桐等油建工人自投身于石油建设事业以来实施的最难、最有挑战性的一项工程。

面对困难，油建工人毫不畏惧，他们决定采用"集中兵力打歼灭战"的方式，来一举解决这个难题。

主意拿定后，崔林桐等人组织了全处4个大队2000多名职工投入了会战，这也就是要把油建工程处全部的施工力量全拉上去。

紧张的施工开始了，崔林桐等人再次明确提出：

> 器材要翻箱倒柜，倾家荡产，也要保证前线施工的需要。

在这个口号的带动下，油建工人的效率得到了极大的发挥。运输紧张，他们搞百车战，突击拉料；施工力量不足，崔林桐首先组织全工程处干部和后勤单位职工，连续搞突击挖土方会战 3 次。

为了再进一步加快进度，崔林桐还向长庆会战指挥部求援，争取到了指挥部的支持。

陈国法副指挥采纳了崔林桐的建议，并动员了全指挥部所属单位后勤职工，一起出动，大搞土方会战。

一时间，马岭川红旗招展，人群如潮，锹镐飞舞，展现出一派开挖土方的动人景象。

就这样，施工力量不足的问题解决了。

7 月，在全队上下的共同努力下，在会战的第一个战役中，油建二队首先就打了一个漂亮仗。

当时，油建二队是一支只有 95 人的队伍，他们在完成预制井架、抽油机基础 883 件，制造大罐 16 具的同时，又积极配合兄弟单位安装好了一条 7 公里半的上山供水管线。

接着，油建二队又以闪电般的速度建成了油田南区 1 号计量站，从而在 30 万吨产能建设会战这盘琴弦上奏响了第一支凯歌。

9 月至 10 月，施工进入紧张阶段。此时，马岭一带适逢雨季，道路受到严重破坏。

面对困难，油建职工提出"抢晴天，战雨天，晴天不过星期天"的战斗口号，在泥泞的路上，开展了抢运物资运动。

一次，在杨小沟泵站施工的油建四大队，组织了 140

名职工，冒风雨、踩泥泞，连续奋斗了 23 个小时，人抬肩扛爬犁拖，硬是把 170 吨的地料和 1200 根钢管拉运到了施工现场，保障了施工的正常进行。

送走了泥泞的雨季，油建工人又迎来了冰天雪地的寒冬。11 至 12 月份，天降大雪。

一夜间，铺天盖地的茫茫银絮，油建工地的积雪厚达 16 厘米，气温降到了零下 23 摄氏度。

然而，油建职工在严寒风雪面前毫不畏缩。他们在油建前线指挥部的指挥下，顶风冒雪，大战在荒山野岭之中。

就在这样的大雪里，油建工人顺利地完成了中二、三注水站和 35 千伏高压输电线路工程。

在这种艰难的环境下，作为干部的处长崔林桐、党委书记尚继宗、副处长赵启勋，更是积极带头，和工人们一起人抬肩扛，把设备物资，把水泥电杆全部抬到山上，以保证按期施工。

为了早日完工，崔林桐等人的口号是：

吃饱睡好加油干，工作 8 个小时倒算。

也就是白天干不完，晚上接着干。

在崔林桐和广大干部、工人的努力下，油建工程处的建设速度很快。截至 12 月，共建成计量接转站 5 座，水力活塞泵站 2 座，计量站 9 座，注水站 2 座，供水站 1

座，配水间 9 座；安装抽油机 36 台；铺设油、气、水管线 127 条，计 180 公里；架设高低压输电线路 39 公里；安装各种设备 83 台，容器、加热炉 153 具，完成总投资 1062 万元。

至此，油建部门全面完成了马岭中区 30 万吨产能建设的各项任务。

与此同时，钻井、石油压裂、测井、试采、筑路等项工程也相继完工。至此，马岭中区 30 万吨产能建设顺利完成。

马岭中区 30 万吨产能工程的顺利完工，也宣布了油田投入开发建设后的第一个约 33 平方公里大块油区的建成。

从此，长庆油田进入快速发展阶段。

● 创造辉煌

第三个建设高潮到来

1976 年，马岭 30 万吨产能建设的浪潮过去后，面临的问题是下一个战场放在哪里，还没有形成既定方针。

同时，按照石化部安排部署，长庆油田开始大力支援东部会战新区，成建制地调出近 6000 人的队伍及大批的设备物资，去参加冀中、华北等兄弟油田会战和华北输油管道指挥部等单位的建设。

但是，在这种情况下，长庆的勘探开发仍然在继续进行。

1976 年 12 月，为尽快解决经济战线上急需用油的问题，石化部决定把开发建设红井子油田列为国家重点建设工程项目之一。为此，石化部提出：

> 要集中力量搞好红井子油田的开发建设，抓紧抢建红井子到青铜峡的输油管道，力争两年内建成 150 万吨原油生产能力的油田。

1977 年 1 月，长庆油田党委书记郭究圣、副书记李敬和副指挥陈国法、蒋长安带领机关干部 60 名，亲赴宁夏盐池大水坑组织红井子会战。

于是，一场红井子会战又拉开了帷幕。

红井子，在37万平方公里的鄂尔多斯盆地中，是一个不大显眼的地方。它位于宁夏盐池县境内，由摆宴井、红四区、红八区、王家场、马坊5个油田区块组成，含油面积184.7平方公里，地质储量9588万吨。

当时，红井子会战由郭究圣、李敬两位长庆油田的负责人全面负责。前线指挥部其他领导成员皆分工把口，各负其责，全身心地投入到了这个火热的场面。

要在这个"天苍苍，野茫茫，风吹草低见牛羊"的"穹隆"下，组织一场大规模的产能建设会战，困难是很多很大的。

首先是物资缺口大，运输力量不足，人力、物力、财力相当紧缺。

另外，自然环境和气候条件十分恶劣。这里地处毛乌素沙漠的南缘，无风时，"野阔牛羊小，天空鹰隼高"；有风时，"随风满地石乱走，平沙莽莽黄入天"。

但是，这些困难吓不倒具有钢铁般意志的长庆石油人，李敬望着远远的古烽台说："有古烽台作证，我们不会在这里退下阵来，我们还要在这里高奏凯歌唱大戏哩！"

自元月起，在"前指"的组织下，陇东首批参加会战的1500人，200多台设备。在接到参战命令后，不到3天时间，他们就冒着大雪，推车扫路行程300公里，一人不缺，一台设备不少，昼夜兼程地赶到了红井子。

到达以后，他们又在冰天雪地里搭起了帐篷，就地掘地窝子住了下来。

为了快速开展工作，李敬等人及时制定出了钻井、试油、压裂等方面的技术政策和红井子油田建设整体方案。

红井子会战开始后，前线指挥部领导和职工一起住地窝子，一起啃苞谷面窝窝头。然而，再苦再累，干部和工人的那种动天地、泣鬼神的大无畏精神，却丝毫不减。

正如李敬同志《慰忠魂》诗中写道：

> 风刮沙涌，卷狂涛，削沟推堤。
> 碎石飞，沙蓬滚转，拦车阻行。
> 挥锹送尘随风去，征途坎坷多风趣。
> 降沙漠豪杰志不移，永进击！
> 斗天地，忙战略，争时间，喇叭疾！
> 看熊黑著称霸，陈兵百万。
> 炎黄子孙重抖擞，扫除四害展宏图。
> 举红旗四化浪潮高，慰忠魂。

大规模的会战开始了，前线指挥部干部和广大职工都憋足了一股劲，激发起了高速度、高水平建成油田的积极性。

一次，红八区有一口边缘井，是决定红井子油田面积、储量、地面建设的重点井。该井完钻后，前线指挥部就立即安排一个标杆试油队搬了上去，准备试油。

结果，4天过去了，油管还没送到井场，急得试油队的职工团团转。

李敬得知情况后，就和前线指挥部的江海宽、陈国法、孟怀渊、齐元等9位同志，从牛毛井拉了两个架子车，到大水坑管子站，拉运油管。

当时，每个架子车装8根油管，分成两组，推的推，拉的拉，步行13公里抢送油管。

在运送过程中，李敬就当了领稍驾辕的，在前面低头弯腰使劲拉。由于是上坡路，管子一会儿溜到后边，一会儿又斜横开来散了架，捆也捆不住。

没办法，李敬只好一手抱着油管，一手拉着搭在肩上的套绳，既要把好方向往前冲，又要不叫油管前头落地，使架子车失掉平衡。

推车子的同志也不轻松，他们要双手搭在后边和左右两边，弯着腰，蹬着脚，龇牙咧嘴推着车缓缓地在沙窝里行进着。

车子在上坡路上行走，不容易停下来歇息，直到到了必经的大沙包夹道转弯处，他们才把油管顶到沙包上打住车，勉强休息一会儿。

休息一会儿后，他们又要重新捆油管、抬车子，累得一个个满头大汗，气喘吁吁，喉咙冒烟。

一个过路的小车司机看见他们累成这个样子，急忙弄来了水。他们喝了几口水之后，又继续赶路。

6个小时后，到了晚上21时，他们才赶到红井子，又连夜把油管卸下。有了油管，试油终于开始了。

在红井子会战中，向这种连夜拉油管、抢工期的故事时常发生。也正是有了这些富有艰苦奋斗精神的干部和工人，红井子油田会战才得以在艰难的条件下，快速进行。

1978年底，在短短的一年多时间里，会战人员在红井子钻井进尺达52万米，完成投资2.18亿元。11万伏输电线顺利建成，红惠和惠石输油管道都相继建成投产。至此，原油产量达50万吨的红井子油田正式建成。

红井子建设的任务之艰巨，困难之大，速度之快，在陕甘宁石油勘探开发史上是前所未见的。

红井子的建成，成功实现了长庆油田原油的第一次外输，从而使油田迈上了快速发展之路。

1979年，随着改革开放步伐在神州大地的展开，长庆油田也迎来了它发展的春天，从此，中国油田光荣谱上又多了一个响亮的名字："长庆油田"。

本书主要参考资料

《长庆油田志》本书编纂委员会编 内部发行

《石油摇篮》本书编委会编 甘肃人民出版社

《老兵的脚步》张文彬主编 石油工业出版社

《中国石油地质志》翟光明主编 石油工业出版社

《铁人王进喜的故事》吴晓平著 江苏人民出版社

《王进喜——中外名人传记故事丛书》刘深著 中国
  和平出版社

《大庆人的故事》大庆油田工人写作组编 上海人民
  出版社

《石油师人——在长庆油田纪实》长庆油田编委会编
  石油工业出版社

《石油城：玉门油矿矿史》玉门油矿矿史编委会编写
  甘肃人民出版社